L'ATTAQUE DE L'ALPHA

DES LYCANS DANS LA VILLE
TOME 1

EVE LANGLAIS

Original English version: Alpha Attacked 2022 Eve Langlais

Traduit: L'Attaque de l'Alpha © 2022 Eve Langlais

Couverture réalisée par © by Melony Paradise of ParadiseCoverDesign.com 2022

Traduit par Viviane Faure et Valentin Translation

Produit au Canada

Publié par Eve Langlais

http://www.EveLanglais.com

ISBN livre électronique: 978-1-77384- 374 2

ISBN livre pochet: 978-1-77384-375 9

Tous Droits Réservés

Ce roman est une œuvre de fiction et les personnages, les événements et les dialogues de ce récit sont le fruit de l'imagination de l'auteure et ne doivent pas être interprétés comme étant réels. Toute ressemblance avec des événements ou des personnes, vivantes ou décédées, est une pure coïncidence. Aucune partie de ce livre ne peut être reproduite ou partagée, sous quelque forme et par quelque moyen que ce soit, électronique ou papier, y compris, sans toutefois s'y limiter, copie numérique, partage de fichiers, enregistrement audio, courrier électronique et impression papier, sans l'autorisation écrite de l'auteure.

CHAPITRE 1

Travailler aux urgences une nuit de pleine lune, c'était dur. Ce n'était pas juste un mythe : les gens avaient davantage tendance à faire n'importe quoi. À. Chaque. Fois.

Des attaques gratuites. Des hallucinations. Et pour une raison ou une autre, davantage de morsures de chiens.

Comme les autres employés de l'hôpital, Maeve devait prendre le service de nuit à la pleine lune une fois de temps en temps. Elle avait fait sa ronde, box après box, pour s'occuper des gens. Un couple, qui avait décidé de sceller leur amour dans le sang, avait eu besoin de points de suture parce qu'ils avaient coupé un peu trop profond. Il y avait un type qui avait fait une overdose pour la seconde fois cette nuit-là et avait refusé sa proposition d'être suivi pour son addiction. Elle avait informé trois autres personnes qu'elle ne leur prescrirait pas d'opioïde et avait récolté quelques noms d'oiseaux pour cela. Classique.

Elle laissait tout cela couler sur elle. L'addiction était quelque chose de très dur à gérer. Maeve en avait une pour le chocolat. Pas celui de merde qu'on trouvait dans la petite épicerie du coin. Elle aimait les pralines de luxe importées de Belgique. Et si Tante Flo lui rendait visite sans qu'elle se retrouve avec un délice cacaoté qui fondait sur la langue, ça pouvait la mettre de sale humeur.

Vers deux heures, avec la lune qui brillait bien fort dehors, ça commença vraiment à dégénérer alors que les bars fermaient et que les buveurs se répandaient dans les rues. La plupart rentreraient chez eux en chancelant pour dormir jusqu'à ce que ça aille mieux. Mais il y en avait toujours qui se sentaient obligés de foutre le bazar, menant une nouvelle vague de gens aux urgences. La plupart, avec des bosses et des nez cassés, étaient faciles à trier et à renvoyer chez eux. Il fallait examiner de plus près ceux qui s'étaient pris des coups de couteau.

Il était presque quatre heures quand Maeve put enfin prendre une pause. Elle savourait un délicieux chocolat chaud avec des petits chamallows sur le dessus quand l'interphone s'alluma.

— Dr Friedman. Violet en R2.

Violet était le code pour *blessure par balle*. Cela était devenu une occurrence bien trop fréquente ces temps-ci, avec tous les flingues illégaux qui étaient arrivés dans la ville. L'hôpital changeait le code couleur régulièrement pour éviter que les gens qui entendaient les annonces ne se mettent à sortir leurs téléphones pour essayer de filmer un moment traumatisant.

Le tournant macabre que prenait la société inquiétait Maeve. Elle ne regrettait pas son choix de ne pas avoir eu d'enfants. Même si dernièrement elle envisageait de prendre un chat.

C'était sans doute beaucoup de responsabilités alors que tout ce qu'elle avait envie de faire en rentrant chez elle c'était se servir un verre de vin et s'affaler sur son canapé.

— Dr Friedman. Code violet en R2.

Elle soupira à ce message répété. Elle ne pouvait plus retarder le moment. Elle adressa un regard de regret à sa tasse de chocolat, paradis sucré, et revint en prendre une dernière gorgée avant de se hâter vers les salles d'opération.

Brandy Herman, infirmière, et accessoirement sa meilleure amie en dehors du travail, tenait la porte ouverte et lui fit signe :

— Là-dedans.

— Pas en R2 ?

Brandy secoua la tête.

— Ils ont changé la salle d'opération parce que Jarvis travaille sur les lumières.

Jarvis était leur agent de maintenance. Maeve entra dans la salle de préparation et tendit les bras pour que Brandy la drape d'une combinaison protectrice.

— Qu'est-ce qu'on sait ?

— Un homme. Entre trente et quarante ans. Une fusillade depuis une voiture. Six balles, principalement dans le torse.

Maeve écouta ce résumé en enfilant des gants et passa un masque sur son visage. La semaine dernière encore, elle avait dû écouter des internes se moquer de la finesse du papier. Quels idiots, des ignorants. Ils seraient bien contents d'en avoir un pour éviter d'éternuer sur une blessure ouverte ou se prendre un jet de sang en plein visage.

La dernière partie du monologue retint l'attention de Maeve.

— Tu as dit six balles, dans le torse ?

Brandy hocha la tête.

— C'est un miracle qu'il soit toujours vivant.

Ça ne durerait pas, selon toute probabilité. Mais peut-être qu'il était vraiment très chanceux.

— On lui a mis une transfusion, déjà ?

— Dès qu'on saura son groupe sanguin. On a dû se retrouver avec des bandelettes de test corrompues parce que ces saletés se sont illuminées comme un sapin de Noël. On en a envoyé au labo.

— On n'a pas le temps d'attendre. Mettez-lui du O négatif.

Le groupe sanguin universel.

— On l'aurait fait si l'on en avait, grommela

Brandy. Visiblement, on est en manque dans toute la ville.

Ce n'était pas une annonce très rassurante. Avec la quantité de sang qu'il avait déjà perdu et qu'il continuerait à perdre, cela voulait dire que le sauver serait presque impossible.

Challenge accepté.

Sa combinaison en place, Maeve entra pour trouver le patient déjà dévêtu, avec un drap sur le bas de son corps qui couvrait son entrejambe et ses cuisses. L'infirmière Abbott – une jeune femme qui venait d'avoir son diplôme et réclamait toujours d'une voix gaie « appelez-moi Ginnie » – était en train de tamponner délicatement son torse pour nettoyer la zone autour des nombreux trous sanguinolents.

Le moniteur branché sur lui montrait que son cœur battait avec régularité. Le manchon qu'on gonfla à son bras donnait une pression artérielle de 100/65. C'était un peu bas mais pas au point d'être dangereux. Étonnant, vu le sang qu'il avait dû perdre.

Brandy rapprocha le chariot où étaient posés les outils chirurgicaux dont Maeve aurait sûrement besoin.

— Prête quand tu veux.

— Pareil, intervint Ginnie en reculant de la table d'opération.

— Où est l'anesthésiste ? demanda Maeve en

remarquant que le spécialiste n'était pas à son poste.

— Ils en cherchent un.

Brandy n'avait pas l'air ravie en annonçant :

— Freddy s'est fait porter pâle. Encore.

— On n'a personne pour le placer sous anesthésie ? demanda Maeve en haussant les sourcils. Comment je suis censée opérer ?

Personne n'avait de réponse. Elle regarda les trous à son torse.

— Je suppose que les balles ne sont pas ressorties ?

— Non, répondit Brandy en secouant la tête. Elles sont toujours à l'intérieur.

Ce qui voulait dire que Maeve allait devoir les retirer à la pince. Ça allait forcément le sortir de son évanouissement.

— Je ne peux pas l'opérer. Et s'il se réveille en plein milieu ?

— Il perdra tout son sang si tu ne le fais pas, fit remarquer Brandy.

Même si les blessures ne saignaient pas tant que ça, il fallait les nettoyer et les recoudre. Mais seulement après avoir retiré les débris qui s'y trouvaient. Ce qui voulait dire aller farfouiller à l'intérieur des plaies, et peut-être les découper davantage. L'un ou l'autre le ranimerait probablement. S'il faisait un mouvement brusque alors qu'elle tenait un scalpel, elle risquait de causer de gros dégâts. Si elle ne faisait rien, il mourrait probablement.

Prise entre le marteau et l'enclume. Plutôt que de soupirer, elle se jeta dans l'action.

— Ginnie, ramène-moi de la lidocaïne, en compresse et injection.

— Oui, Docteur.

La plus jeune des deux infirmières partit en courant.

Maeve observa son patient. L'une des blessures était assez superficielle pour qu'elle voie la balle. Facile à retirer. Elle attrapa des pinces.

— Brandy, tu le surveilles et tu me dis s'il donne des signes de réveil. Je vais commencer à retirer les corps étrangers.

C'était le mieux qu'elle pouvait faire. Avec un peu de chance, il ne reprendrait pas connaissance. Sinon, on pouvait espérer que Ginnie reviendrait vite avec l'anesthésiant local.

D'une main ferme, elle pinça la balle qui dépassait et la retira. Le sang retenu derrière se mit à couler librement. C'était une bonne chose, car ça aiderait à nettoyer la blessure. Elle versa du désinfectant dessus pour rincer.

— Pression, ordonna-t-elle en passant à la suite.

Et maintenant ? Il y avait cinq trous dans son torse, et un sixième projectile avait effleuré ses côtes et y avait laissé un profond sillon.

Maeve passa à une balle coincée entre deux côtes qu'elle aperçut après avoir versé une solution transparente pour diluer le sang. C'était incroyable qu'elle ne soit pas allée plus profond. Elle laissa tomber la balle sur un plateau métallique. La suivante s'était logée dans le muscle de son abdomen – des abdos en béton, remarqua-t-elle, c'était un mec qui faisait attention à sa forme physique. Alors qu'elle tirait la balle hors de la plaie étroite, Brandy s'exclama :

— Oh merde, il est réveillé.

En effet, ses yeux d'or pâle étaient ouverts. Il était conscient et l'observait.

Comme une biche prise dans les phares d'une voiture, Maeve se figea, le scalpel juste au-dessus du trou sanguinolent.

— Ne vous arrêtez pas pour moi.

Il parlait d'une voix basse et onctueuse qui ne laissait percevoir ni douleur ni panique. Étonnant, dans ces circonstances.

— Vous êtes réveillé.

Voilà qu'elle enfonçait des portes ouvertes.

— Très observatrice, répondit-il d'une voix traînante.

— Je suis désolée. Normalement ça n'arrive pas, mais je crains que nous n'ayons pas d'anesthésiste et votre situation est plutôt urgente.

— Combien de balles ?

— Six, répondit Brandy. Cinq à l'intérieur. Enfin, deux maintenant. On en a déjà sorti trois.

— Voilà qui explique mon inconfort.

Il grimaça et commença à s'asseoir. Maeve le bloqua aussitôt de ses mains.

— Ne bougez pas. Nous n'avons pas fini d'extraire les balles.

— Alors, je vous en prie, poursuivez.

Il se laissa aller sur la table d'opération et attendit. Un instant passa avant que Maeve balbutie :

— Je ne peux pas. Vous êtes réveillé.

— Et vous avez le trac ? la taquina-t-il.

— Non. J'attends que ma collègue revienne avec de la lidocaïne.

— Ce n'est pas la peine. Je peux faire sans.

C'était quelque peu présomptueux.

— C'est ce que vous pensez, mais le moindre mouvement risque de me faire déraper. Je ne peux pas prendre ce risque, dit-elle en secouant la tête.

— Faites-le, réclama-t-il doucement.

Au lieu de cela, elle se tourna vers Brandy.

— Va voir où en est Ginnie avec la lidocaïne. Elle devrait déjà être de retour.

— Je te jure, si elle est en train de flirter avec le nouvel oncologue, je la défonce, menaça Brandy en filant.

Maeve se retrouva seule avec le patient. Il la fixait toujours. Troublée, elle détourna le regard et demanda :

— Comment vous vous êtes fait tirer dessus ?

— Avec un pistolet. Et, juste pour votre information, ça fait mal. Alors non, on n'attend pas. Enlevez-moi ces petites balles d'argent qui me torturent.

— Il n'y en a que pour une minute…

— Soit vous le faites maintenant, soit je m'en vais.

Une menace infondée. Elle renifla.

— Ne soyez pas mélodramatique. Nous savons tous les deux que vous ne pouvez pas.

— J'aimerais bien vous voir essayer de m'arrêter.

Elle avait envie de répliquer qu'il n'était pas en état de lutter contre quiconque. Mais elle ne voulait pas qu'il fasse d'efforts physiques, car cela risquait d'aggraver les choses.

— Si vous laissez juste quelques minutes de plus à mon infirmière, je suis sûre qu'elle est en train de revenir avec l'anesthésiant.

— Et si ce n'est pas le cas ? Finissons-en. Je ne bougerai pas. Promis.

Il parvint même à lui adresser un sourire charmant.

Maeve toucha légèrement sa blessure pour prouver ses paroles. Il ne broncha pas, mais le coin de sa lèvre se souleva alors qu'il annonçait :

— Il va vous falloir faire mieux que ça, Doc.

— Si vous insistez… marmonna-t-elle.

Elle ignora son regard et se pencha. Elle incisa la chair avec précaution avant d'utiliser les pinces pour sortir la balle qui s'était enfoncée au niveau de sa clavicule. Un miracle qu'elle n'ait pas éclaté.

Il n'eut même pas un hoquet de douleur. Elle le regarda après avoir laissé tomber la balle sur le plateau.

— Ça va ?

— Oui.

Les moniteurs lui donnaient raison. Son rythme cardiaque semblait ralentir. Il restait calme. Il devait être drogué jusqu'aux oreilles. La plupart des gens qui arrivaient aux urgences au milieu de la nuit étaient sous l'influence d'une substance ou d'une autre.

Elle passa à la dernière balle. La plus profonde. Elle avait quasiment traversé son épaule.

— Celle-ci sera plus facile à retirer par le dos. On vous retournera quand mes infirmières seront de retour.

— C'est ça. Je vais me retourner tout seul.

Il commença à retirer les capteurs qui monitoraient ses fonctions vitales. Alors qu'il s'attaquait à la perfusion, elle posa une main par-dessus la sienne.

— Arrêtez. Ce n'est pas raisonnable. Vous avez perdu beaucoup de sang.

— Ça va. Je n'ai pas besoin de toutes ces conneries.

Il voulut tirer mais une fois de plus, elle arrêta sa main.

— Attendez. Vous allez faire n'importe quoi en tirant comme ça. Laissez-moi le faire.

Elle n'était pas enchantée de faire cela, mais elle n'avait pas vraiment le choix devant une telle obstination, alors elle coupa la perfusion et fit glisser l'aiguille hors de sa chair.

Dès qu'il fut libre de tout équipement médical, il

roula sur le ventre. Le drap tomba et il se retrouva les fesses à l'air. Elle dut le fixer juste un peu trop longtemps, car il demanda d'une voix tranchante.

— Vous comptez finir le boulot ou bien ?

Elle créa une incision au niveau de la petite bosse avec le scalpel et la dernière balle émergea, ce qui conduisit son patient à soupirer :

— Ah, c'est mieux.

— On va vous recoudre maintenant.

Elle se tourna vers le chariot à la recherche de ce qu'il lui fallait, mais quand elle lui fit face à nouveau, il était assis.

— Qu'est-ce que vous faites ? Allongez-vous.

— Pourquoi ?

— Parce que je n'ai pas encore recousu vos blessures. Si vous bougez trop, vous allez perdre encore davantage de sang et ça peut vous être fatal.

Il baissa les yeux vers son corps criblé de trous, mais aucune des plaies ne saignait beaucoup.

— Ça va.

— Non, ça ne va pas. Vous avez cinq blessures par balles ! Vous avez perdu beaucoup de sang.

Elle était étonnée qu'il arrive à tenir un discours cohérent.

— J'apprécie votre inquiétude, Doc, mais il faut que je me barre d'ici. Croyez-moi, c'est ce qu'il y a de mieux pour tout le monde.

— Vous avez des ennuis.

C'était une affirmation, pas une question, car ça semblait évident.

— Qu'est-ce qui vous a donné cette idée ? répliqua-t-il, sarcastique.

— Si quelqu'un essaie de vous tuer, vous devriez parler aux flics.

Il renifla.

— Non, merci.

Cette réaction indiquait un manque de confiance, ou peut-être une crainte d'être lui-même arrêté.

— Si vous avez peur d'aller en prison, vous pourriez sans doute obtenir une réduction de peine en témoignant de ce qui s'est passé pour que des gens vous prennent pour cible.

Cela lui valut un regard incrédule.

— Balancer ?

— Parce que c'est vraiment pire que se faire mitrailler en pleine rue ?

— Écoutez, chérie…

— Je ne suis pas votre chérie. Vous pouvez m'appeler Dr Fri…

— Peu importe. Ça n'est pas vos affaires, Doc.

— Ça l'est à partir du moment où vous êtes sur ma table d'opération.

— Alors je vous la laisse.

Il fit passer ses jambes par terre. Maeve recula d'un pas avant de déclarer :

— Ceci est un avis professionnel : vous avez

besoin d'être pansé correctement et gardé en observation pendant au moins vingt-quatre heures.

— Pensez ce que vous voulez, Doc. On en a fini.

Il sauta de la table d'opération et se tint debout. Il était nu et elle garda son regard sur son visage.

— Vous êtes un idiot entêté. Vous avez des trous dans le corps. Même si vous ne voulez pas de points de suture, laissez-moi au moins les couvrir. Vous n'avez pas intérêt à ce que les plaies s'infectent.

— Je suis plutôt solide.

Il fit un pas vers elle, sans doute parce qu'elle se tenait devant la porte.

— Vous ne pouvez pas partir. La police demandera à vous parler.

L'hôpital devait leur signaler toutes blessures par balle.

Il grimaça.

— Ouais, ben j'ai pas spécialement envie de leur faire la causette.

Elle aurait voulu protester mais elle se rendit compte à quel point ce type était costaud. Et déterminé. Il la surplombait de sa taille et de ses muscles impressionnants.

Elle fit un pas en arrière et cogna le plateau avec ses outils qui cliqueta et faillit se renverser. Elle se tourna partiellement pour le rattraper.

Le temps qu'elle se redresse, la porte de la salle d'opération se refermait sur des fesses nues et très bien faites.

Maeve resta plantée dans la pièce vide, avec son matériel et ses draps ensanglantés. Brandy réapparut quelques minutes plus tard avec les seringues tant attendues.

— T'en as mis du temps. Qu'est-ce qui est arrivé à Ginnie ?

— Aucune idée. Je ne l'ai pas vue en allant chercher la lidocaïne.

Brandy jeta un coup d'œil derrière elle.

— Où est passé le patient ?

— Aucune idée. Pas mon problème. Il voulait partir, et je n'allais pas m'amuser à l'arrêter.

Cela dit, elle se demandait comment Brandy avait pu manquer un grand type tout nu dans le couloir.

— Attends, tu es en train de me dire qu'il s'est levé et qu'il est sorti ? Avec six blessures par balle ?

— Cinq, corrigea-t-elle.

L'égratignure ne comptait pas.

— Il doit être drogué. Je me demande combien de temps avant qu'il s'effondre et qu'on le retrouve sur la table d'opé.

— Plus besoin d'opérer. Les balles sont sorties et, par un coup de chance, rien de vital n'a été touché. Il lui faut juste des points de suture.

Ce dont quelqu'un d'autre pouvait se charger. Elle, elle en avait fini pour aujourd'hui.

C'est à ce moment-là que Ginnie revint enfin, les mains vides, tout excitée.

— Où tu étais ? la gronda Brandy.

— Désolée, j'ai eu une crampe d'estomac.

— Pendant une opération ? rétorqua Maeve.

— C'était urgent.

— Tu aurais dû nous prévenir. On était en train d'opérer, dit Brandy.

— Quand j'ai eu fini, j'ai été distraite par le bazar en salle d'attente.

— Poisson rouge, marmonna Brandy et Maeve dut se retenir de rire.

Au lieu de cela, elle passa dans la salle d'à côté pour retirer sa combinaison sale et demanda :

— Qu'est-ce qui s'est passé ?

— Un énorme chien a traversé les urgences avant de se barrer.

— Quelqu'un a perdu son chien de service ?

C'était rare qu'ils s'échappent vu la façon dont ils étaient dressés.

— Je sais pas si c'était un chien de service. Mais je pense pas, il n'avait pas de gilet.

— Si ce n'était pas un chien de service, comment il est entré ?

Les animaux n'étaient pas autorisés dans l'hôpital.

— Personne ne sait pour le moment. Mais Peabody est en panique.

C'était l'un des gestionnaires de l'hôpital.

— Il devrait moins s'inquiéter pour un clébard que d'engager un autre anesthésiste. C'est la deuxième fois en une semaine que Freddy nous lâche sans prévenir.

Freddy n'était pas le seul collègue qu'elle aimerait voir remplacé. Maeve n'était pas ravie que Ginnie se soit barrée comme ça pendant une opération urgente. Cela aurait pu coûter la vie du patient.

Un patient qui avait disparu. Alors qu'il était à poil quand il était sorti de la salle d'opération, personne ne semblait l'avoir vu, mais tout le monde avait entendu parler du chien.

Après avoir vu la vidéo de sécurité, beaucoup de gens dirent que c'était un loup, et personne ne trouvait ça illogique qu'un loup gigantesque se balade en ville. C'était la pleine lune, alors bon.

CHAPITRE 2

À QUATRE PATTES, DOULOUREUSEMENT, GRIFFIN se précipita hors de l'hôpital et n'arrêta pas de courir avant d'avoir atteint une ruelle à l'abri des regards. Seulement alors osa-t-il reprendre forme humaine en grimaçant tout du long. C'était comme ça, quand on avait le poitrail criblé de balles.

C'était un miracle qu'il ne soit pas mort. Il se serait vidé de son sang sans le Bon Samaritain qui l'avait tiré dans sa boulangerie et avait empêché les tireurs d'aller au bout de leur entreprise. C'était lui qui avait dû appeler une ambulance parce qu'un hôpital était le dernier endroit où Griffin serait allé de lui-même. Il aurait plutôt tenté sa chance avec Ulric, qui avait été infirmier dans l'armée pendant un temps.

Se réveiller pendant une opération ? Très inattendu, tout comme la médecin, masquée, en combi, qui travaillait sur lui. Les odeurs d'antiseptique qui se mêlait à celle, cuivrée, de son propre sang, l'avaient laissé désorienté. Il n'arrivait pas à sentir le docteur et ça l'avait perturbé parce que l'odeur d'une personne lui donnait beaucoup d'informations.

Au moins, il avait pu observer sa compétence et son sang-froid alors qu'elle se penchait sur lui avec concentration pour retirer les balles. Rester allongé sans bouger alors qu'elle les retirait lui avait demandé une bonne dose de volonté, parce que ça faisait un mal de chien. Comme s'il ne l'aurait jamais avoué. Ne jamais montrer de faiblesse.

Jamais.

Et aussi, ne jamais attendre les flics.

Il ne doutait pas que s'il restait dans le coin pour qu'elle le recouse, ils se seraient pointés pour venir lui poser des questions qu'il préférait ignorer.

Qui vous a tiré dessus ?

Pas des gens bien.

Pourquoi ?

Voir réponse ci-dessus.

Qui êtes-vous ?

Pas vos affaires.

Griffin préférait vivre en passant sous le radar. Pas d'arrestation. Même pas une amende pour excès de vitesse. On ne pouvait pas être trop prudent quand on était dans sa position. Il espérait juste que, quand il avait pris la fuite, personne ne s'était aperçu qu'un homme était entré dans un placard et qu'un loup en avait émergé. Il lui faudrait demander à Dorian de vérifier les caméras de l'hôpital.

Un loup en ville n'était pas un déguisement idéal, mais comme l'aube n'était pas encore là, il n'y avait pas masse de gens pour le voir et ceux qui auraient brièvement aperçu sa silhouette agile et fourrée le prendraient pour un chien. Insultant, mais ça l'arrangeait.

Maintenant, il courait comme il pouvait, affaibli par le sang qu'il avait perdu et la douleur. Peut-être qu'il aurait dû la laisser recoudre les plaies les plus larges. Il arriva chez lui sans ennuis supplémentaires. Le portail sans symbole, un peu rouillé, avec sa peinture noire qui s'écaillait, s'ouvrit avant qu'il puisse frapper. La caméra qui surveillait l'allée avait dû montrer son arrivée.

Il se transforma à peine entré. Il entendit la porte claquer et apprécia la couverture qu'on lui passait sur les épaules.

— Qu'est-ce qui t'est arrivé bon sang ? s'exclama Quinn qui s'occupait de la sécurité nocturne de la boutique.

— J'avais envie de voir ce que ça fait d'être une cible dans un champ de tir, répliqua-t-il avec sarcasme.

Il grimaça en se redressant et enroula la couverture autour de sa taille.

Il entra dans l'espace principal du bâtiment qui appartenait à Lanark Leaf Inc. Son entreprise. Son bâtiment. Son opération. Entièrement légale. Maintenant, en tout cas. Quelques années auparavant, avant la légalisation de la marijuana, il vendait ses produits depuis le coffre ouvert de sa voiture. Maintenant, il possédait quelques boutiques en ville, alimentées par ses cousins à la campagne, des membres de la Meute de North Bay. Les Lanark étaient désormais riches et respectés. Alors tous ceux qui disaient qu'ils n'arriveraient jamais à rien pouvaient aller se faire foutre.

— Oh la vache, putain, qu'est-ce qui t'est arrivé ?

Ça, c'était Wendell qui se leva de la table où il était en train de travailler sur un ordinateur à faire des calculs. Des calculs quelque peu rectifiés.

Des années de ventes illégales leur avaient laissé une certaine quantité de cash à blanchir, ce qu'ils faisaient lentement en alimentant leurs comptes en banque pour les remplir sans faire quoi que ce soit de dingue qui attirerait l'attention. Les maths n'étant pas son point fort, Griffin laissait Wendell gérer ça.

— Donne-moi une seconde. J'ai besoin d'un froc.

Il partit vers le carton qu'il gardait à côté de la porte de derrière pour les fois où quelqu'un se pointait en ayant besoin de vêtements. La plupart du temps, ils ne se transformaient pas en ville. Les loups, ça attirait l'attention. Mais parfois, il fallait bien et ils préféraient être préparés. D'où le carton avec les joggings, tous extralarges, car ça permettait à tous les garçons de les mettre, sauf Travis qui faisait une tête de plus que tous les autres, et Lonnie qui faisait une tête de moins. Pour les godasses, ils avaient des sabots de jardinage en grande taille. Ultras moches, mais pas cher, et en arrachant la lanière du talon, ils allaient à tout le monde si bien qu'ils pouvaient rentrer à la maison et avoir quelque chose à se mettre.

Les garçons se retinrent de poser des questions le temps qu'il enfile un pantalon. Dès qu'il eut saisi un tee-shirt sur lequel était écrit *Fume un coup et souris*, Wendell commença :

— Qui t'a tiré dessus ?

— J'en sais rien.

Il passa la tête dans l'encolure et se tourna pour faire face à son équipe, juste eux deux pour le moment, mais il était certain qu'ils avaient déjà envoyé des SMS aux autres.

— Comment ça, t'en sais rien ? Qu'est-ce qui s'est passé bordel ?

En d'autres circonstances, Griffin l'aurait envoyé bouler pour prendre ce ton avec lui et faire ce genre de demande. Mais là, il laissa passer : après tout, ce n'était pas tous les jours que votre Alpha se pointait en mode gruyère. Sans mentionner que Wendell avait presque vingt ans de plus que lui. Il avait gagné le droit de poser des questions.

— Je rentrais chez moi après avoir regardé le match de hockey avec Phil.

Phil était un vieil ami de lycée. Ils ne se voyaient pas souvent depuis que sa femme avait accouché.

— Ça a fini tard parce qu'il y a eu trois temps

additionnels. Je passais devant Juniper's Cupcakes – la meilleure crème au beurre de la ville – quand une voiture s'est mise à ralentir et au moins deux personnes ont ouvert le feu.

Heureusement, ils ne savaient pas viser et avaient manqué sa tête, sinon il ne serait pas là pour en parler.

— Attends, tu es en train de dire que quelqu'un a essayé de te descendre ? balbutia Quinn.

— Peut-être, dit Griffin.

— Peut-être ? répéta Wendell sèchement. Tu es criblé de balles.

— En supposant que les balles étaient pour moi.

— Elles sont censées être pour qui d'autre ? rugit quasiment Wendell.

Griffin laissa passer. Après tout, Wendell avait perdu son fils par arme à feu quelques années auparavant. Un fermier avait vu un loup près de son terrain et avait tiré. Cette ferme leur appartenait désormais. Quant au fermier… les gens trouvaient ça ironique qu'il soit mort dans un de ses propres pièges à loups alors que les responsables de la conservation des espèces lui avaient ordonné de les retirer.

— Tu peux arrêter de beugler parce que j'en sais rien du tout. Je n'ai pas reconnu la voiture et ils portaient ces masques médicaux à la con et des bonnets.

Les masques étaient des restes de la pandémie de COVID-19. Tout le monde ne s'en était pas débarrassé quand ils n'avaient plus été obligatoires. La police s'en plaignait parce qu'ils permettaient aux voleurs et autres délinquants d'agir en toute impunité, car personne ne pouvait les identifier.

Wendell se tourna vers son ordinateur.

— Tu as dit que ça s'était passé devant Juniper's Cupcakes ?

— Ouais. C'est le pâtissier qui a couru dehors et m'a tiré à l'abri. Il m'a envoyé à l'hosto où une toubib m'a sauvé la vie.

Ce fut au tour de Quinn de relever avec incrédulité :

— Six balles, et ils t'ont laissé sortir ?

— La toubib voulait pas. Disons que j'ai un peu insisté.

Wendell secoua la tête.

— Idiot. Tu aurais dû la laisser te recoudre.

— Je voulais partir avant que les flics viennent poser des questions.

— Et puis quoi ? C'est toi qui t'es fait tirer dessus. Tu n'aurais pas eu d'ennuis.

— Autant ne pas attirer l'attention de base. Et puis, je ne saignais déjà plus. Dès que j'ai plus eu d'argent dans le corps, ça a commencé à cicatriser.

Le mot *argent* les fit tous se figer et Wendell demanda d'une voix basse :

— Ils t'ont tiré dessus avec des balles en argent ?

— On dirait bien. Ça brûlait comme si c'en était, en tout cas.

Avec le recul, il regrettait de ne pas être parti avec le plateau où se trouvaient les balles, mais bon, comment l'aurait-il ramené de toute façon ?

— Des balles en argent et tu te demandes si c'était bien toi la cible ?

L'incrédulité fit montrer la voix de Wendell dans les aigus.

— Ça pourrait être une coïncidence, temporisa Griffin.

Il n'avait pas envie que ses gars commencent à s'exciter et sortent chercher la bagarre. Il valait mieux savoir d'où ça venait exactement avant de chercher à se venger.

— Je parie que c'est ces enfoirés de l'autre rive.

Quinn parlait de la meute la plus proche, côté Québec.

— On n'en sait rien. Pourquoi ils viendraient nous faire chier maintenant alors que tout se passait bien ?

Une des choses que Griffin avait faites en prenant la Meute à son Alpha précédent, c'était mettre les choses au clair. Ottawa et la vallée appartenaient à Griffin qui dirigeait le Byward Pack, tandis que la rive côté Québec, l'Outaouais, appartenait au Pack Sauveur, mené par Félix.

— Je te parie que c'est ces enfoirés qui essaient de gagner du terrain parce qu'ils savent qu'on a le plus gros marché, dit Quinn en brandissant le poing.

— Peut-être. Ou peut-être que c'est quelqu'un qui veut qu'on pense ça, le calma Griffin.

— Alors qu'est-ce qu'on fait ? demanda Quinn en faisant craquer ses doigts, prêt à aller jouer les gros bras.

— On choisit la prudence, pour commencer. Jusqu'à ce qu'on sache ce qui se passe au juste, on devrait tous faire plus attention quand on sort. Ça veut dire ne pas avoir d'emploi du temps régulier. Rendre ça difficile aux gens de nous suivre, suggéra Griffin.

— Comment ça va nous aider à trouver qui t'a tiré dessus ? lâcha Quinn, sceptique.

— Ça, je m'en occupe.

Il avait un ami chez les flics, un gars de la Meute et en même temps pas vraiment, vu qu'il portait l'uniforme. Mais Billy l'aiderait s'il le lui demandait.

— On va augmenter la sécurité de la boutique aussi.

— Tu veux que j'ajoute ces caméras dont on discutait sur le toit ? demanda Wendell.

Dorian, leur technicien, leur en parlait depuis des semaines. Pour le moment, les caméras ne montraient que la porte de devant et celle de derrière.

— Oui. Faisons ça, et faisons en sorte que les plaques des bagnoles qui passent devant soient lisibles. Je vais demander à Dorian si l'on peut les faire passer par un programme qui montrerait celles qui reviennent. Il pourrait aussi nous dire s'il y a un dossier dessus.

Ils avaient accès à la base de données des plaques

minéralogiques de l'Ontario grâce à un cousin de Dorian qui y travaillait.

— On pourrait aussi lui demander de voir s'il y a des vidéos de la fusillade, ajouta Wendell.

— Excellente idée. Maintenant qu'on a un plan, je vais prendre une douche.

— C'est bien raisonnable, alors que tu es troué de partout ? interrogea Wendell.

Griffin leva les yeux au ciel.

— Pour l'amour de Dieu, t'es pas ma mère. Ça va.

Ce n'était qu'en partie un mensonge. Il les laissa pour passer au premier. Il vivait dans les deux étages du haut. Quand il avait acheté le bâtiment, il avait combiné les trois locaux du rez-de-chaussée pour en faire un grand magasin pour son commerce de cannabis, et il avait converti les appartements des étages pour en faire une seule habitation luxueuse. Deux étages. Le premier comportait une immense cuisine qui s'ouvrait sur un salon avec quatre canapés et quelques fauteuils. Il avait besoin de place pour les réunions de la Meute. Des rangements, une buanderie et une salle de bain complétaient l'espace. Le dernier étage était un espace entièrement ouvert, avec une salle de gym dans un coin, une salle de bain somptueuse dépourvue de murs, un lit immense, un autre coin salon, et un bureau pour son ordinateur.

Il se déshabilla et grimaça en constatant les dégâts. Il guérirait, mais il en garderait quelques cicatrices supplémentaires. Il s'en fichait en soi, mais ça lui vaudrait des questions de la part de ses partenaires auxquelles il préférait ne pas répondre. Ce genre de distractions l'agaçait quand il avait juste envie de baiser.

Seul, il s'autorisa à siffler quand l'eau chaude toucha sa peau meurtrie. Il pouvait supporter beaucoup de douleur, plus que la plupart des gens. Et en tant qu'Alpha, même durant l'abominable métamorphose, il ne la montrait pas. Montrer sa douleur était une faiblesse.

Mais il s'autorisa à la ressentir en cet instant, et se laissa aller sous le jet brûlant en revivant ces secondes terrifiantes et rapides où il avait failli perdre la vie.

Il aurait dû mourir.

Mais ça n'avait pas été le cas. C'était la seconde erreur de ses agresseurs.

La première ? S'en prendre à lui.

CHAPITRE 3

L'INSPECTEUR DÉBARQUA ALORS QUE MAEVE FAISAIT SA ronde le lendemain soir.

— Vous êtes le Dr Friedman ?

— Oui, je peux vous aider ? demanda-t-elle machinalement en signant le bon de sortie d'un patient.

— Je pense que oui. On m'a informé que c'est vous qui avez opéré la victime de blessures par balles, hier soir ?

— Pardon, mais qui êtes-vous et pourquoi cette question ?

Elle regarda par-dessus son épaule l'homme qui lui tendit son badge. Il faisait un peu plus d'un mètre quatre-vingts, des cheveux blonds à la coupe nette, veste, chemise et pantalon à plis.

— Inspecteur Gruff. On m'a envoyé ici pour en apprendre davantage sur votre patient.

— Il n'y a pas grand-chose à en dire, Inspecteur. Il

est arrivé aux urgences avec plusieurs blessures par balles. J'ai retiré les débris. Il s'est réveillé au milieu de l'intervention et a demandé à partir. Il n'a rien voulu entendre, et on ne me paie pas assez pour me battre avec les patients. Et c'est tout.

— Il s'est réveillé pendant ? interrogea l'inspecteur.

— C'est ma faute. On n'avait pas assez de personnel pour l'anesthésier et sa vie était en jeu, alors j'ai été obligée de travailler vite.

— Vous connaissez son nom ?

Elle secoua la tête.

— Non. On s'est à peine parlé.

— Il a dit comment il s'était fait tirer dessus ?

— Encore une fois, on a à peine échangé quelques mots, et c'était surtout moi qui lui disais de ne pas être idiot et de le laisser le recoudre. La seule chose que je peux affirmer avec une quasi-certitude, c'est qu'il est très probablement impliqué dans le milieu de la drogue.

— Pourquoi dites-vous cela ?

— Parce qu'à cause de nos problèmes de personnel, il n'a pas eu d'anesthésie. Il s'est réveillé pendant que je retirais les balles. Il n'a pas bronché. Même en descendant de la table d'opération, pas le moindre tressaillement. Personne ne peut gérer une telle douleur comme ça, à moins d'être sous l'effet d'une substance.

— Il ne pourrait pas être simplement plus coriace que la moyenne ?

Ça lui tira un petit reniflement amusé.

— Personne n'est aussi coriace que ça.

— Avez-vous remarqué des signes particuliers ? Des cicatrices ? Des tatouages ?

— Franchement, j'étais plus concentrée sur le fait de sauver sa vie que sur son apparence. Désolée.

— Si vous le revoyez, vous pouvez m'appeler ?

Il lui tendit sa carte et elle la mit dans sa poche.

— Pourquoi il vous intéresse ?

— Un homme s'est fait tirer dessus. Nous aimerions découvrir qui en est responsable.

— Vu qu'il n'avait pas envie de rester dans les parages, à votre place, je regarderais pour voir si ce n'est pas une histoire de gangs.

Ce genre d'activités était en hausse dernièrement.

— C'est probable que ce soit le cas, mais si une guerre des gangs couve dans cette ville, nous préférerions la tuer dans l'œuf avant qu'Ottawa ne devienne Toronto.

La violence y était hors de contrôle à cause des condamnations laxistes et de l'accent mis sur les armes légales plutôt que celles qui ne l'étaient pas et posaient problème.

— Si j'étais vous, je garderais un œil sur la morgue. Il est parti avant que je puisse recoudre ses blessures ou même les bander. Il y a des chances qu'il se vide de son sang ou contracte une infection mortelle...

Elle haussa les épaules.

— Je garderai ça à l'esprit. Merci de m'avoir accordé votre temps, Docteur.

— Bonne soirée, Inspecteur. Bonne chance.

Il se tourna pour partir mais s'arrêta et demanda, l'air de rien :

— J'ai entendu dire qu'un loup s'est baladé dans vos couloirs hier soir.

Elle renifla.

— Il n'y a pas de loup en ville, juste des gens qui prennent de gros chiens pour des loups à cause de la pleine lune.

Les lèvres du policier frémirent.

— C'est sûr que ça rend les problèmes un peu touffus. Merci.

La nuit passa sans rien de plus palpitant qu'à l'habitude : des gens qui vomissaient à cause d'une intoxication alimentaire, des appendices qui explosaient, des accidents de bricolage, ce qu'elle ne comprenait jamais. Genre, mais qui pensait qu'utiliser une scie circulaire à trois heures du matin était une bonne idée ? Elle avait hâte de se détendre avec trois jours de congé après avoir enchaîné huit services nocturnes à la suite.

Brandy passa leurs quinze minutes de pause à parler du bel inspecteur et sembla extrêmement satisfaite qu'il ait écrit son numéro de portable au dos de sa carte de visite.

— Au cas où j'ai besoin de le contacter, ajouta-t-il avec un sourire ravi.

Maeve ne fit pas remarquer qu'il voulait sans doute dire « à propos de l'affaire ».

Elle partit vers sa voiture en sentant déjà le goût du verre de vin qu'elle allait se servir. Elle avait hâte de siroter ça en lisant quelques chapitres de son livre. Alors qu'elle approchait de sa place sur le parking du personnel, elle remarqua quelqu'un appuyé à son pare-chocs. Elle ralentit et sortit son téléphone, prête à appeler les secours, quand l'homme leva la tête. Elle mit sur le compte des nouvelles lumières du parking la façon dont ses yeux brillèrent, luisants comme ceux d'un animal. Le bas de son visage était couvert par un cache-col.

Plutôt que de lui parler, parce que seule une idiote s'amuserait à faire ça toute seule sur un parking à six heures du matin, elle fit demi-tour et repartit d'un pas brusque vers l'hôpital, pour s'arrêter presque aussitôt alors que quelqu'un se dressait sur son chemin. C'était un autre type, mal rasé et habillé de façon presque identique au type devant sa voiture, avec du cuir. Son masque ressemblait à une tête-de-mort.

Elle leva son téléphone devant elle.

— N'approchez pas. J'appelle les flics.

En réalité, elle avait appelé le service de sécurité de l'hôpital, car ils étaient plus près.

— Vous êtes le Dr Friedman ?

Elle se glaça en entendant son nom. Elle fit volte-face pour se tourner vers le premier type qui approchait.

— Qui êtes-vous ? Qu'est-ce que vous voulez ?

— Où est le carton ?

— Quel carton ? demanda-t-elle, perdue.

— Ne joue pas les idiotes. L'avocat a dit qu'il l'avait envoyé au Dr Friedman à Ottawa.

— Je suis désolée, mais il y a erreur sur la personne. Je n'ai reçu aucun colis et je n'en attends pas. Vous avez vérifié le traçage du paquet ?

Elle resta calme et essaya de faire diversion par rapport à cette drôle d'accusation.

— Il l'a envoyé en recommandé. Par accident. Et maintenant, on aimerait le récupérer.

— Je suis désolée, mais je ne peux pas vous aider.

L'homme pencha la tête.

— Tu n'as pas intérêt à mentir.

— Je n'ai aucune envie de recevoir des paquets de la part de gens qui pensent que c'est acceptable d'accoster une personne sur un parking.

Elle ne put retenir cette rebuffade. Elle était devant l'hôpital, son lieu de travail, et voilà qu'elle se faisait harceler pour quelque chose qui n'avait rien à voir avec elle. Elle voulait juste rentrer chez elle, bon sang.

— Je te trouve bien hautaine. Tu penses qu'être toubib te rend supérieure à nous ?

— Je sauve des vies. Vous pouvez en dire autant ?

Alors que l'aube commençait à éclairer le ciel, elle sentit son courage monter. Il y aurait bientôt des gens qui arriveraient.

— Il y a trop de gens sur cette planète, si tu veux mon avis, déclara le premier type en passant ses pouces dans les boucles de sa ceinture.

— C'était quand la dernière fois que tu as parlé à Théodore Russell ?

— Hein ? s'écria-t-elle sans avoir besoin de feindre sa perplexité.

— Théodore Russell. Ton père. C'est quand la dernière fois que tu as eu des nouvelles ?

— Je ne l'ai jamais rencontré.

Il était parti quand elle était petite.

— Demande-lui si c'est elle qui a sauvé le cabot hier soir, intervint l'autre homme d'une voix nasale.

— Je sauve beaucoup de vies.

C'était la pure vérité.

— Ce type aurait dû mourir vu le nombre de balles qu'il s'est prises.

Le type devant elle leva la main et mima un tir au pistolet. La jeune femme sentit son sang se glacer.

— C'est vous qui lui avez tiré dessus ?

— Avec l'aide de mes amis.

Une réponse terrifiante. Un bruit lui fit tourner la tête et elle repéra Bourru et encore un autre type qui la flanquaient. Ils dissimulaient tous les trois leur visage.

Ce n'était pas bon.

— Je vous conseille de partir maintenant. La police arrive, annonça-t-elle à voix haute en espérant que la personne qui avait répondu à son appel comprendrait le message.

— On ne va pas te faire de mal, pas aujourd'hui. Mais on va te donner un petit avertissement amical. La prochaine fois que ce connard ou un membre de sa meute miteuse se pointera dans ton hosto, ils n'ont pas intérêt à en sortir, à moins que ce soit dans un sac en plastique. C'est bien clair ?

— Je ne compte pas laisser quelqu'un mourir sur ma table d'opération parce que vous avez un problème avec cette personne.

— Alors ça veut dire qu'on va devoir faire gaffe à ne pas se louper la prochaine fois.

Elle ne pouvait qu'imaginer le sourire malfaisant qui accompagnait cette voix.

— Eh, vous, qu'est-ce que vous faites, là, à harceler notre personnel ?

Maeve aurait pu s'effondrer de soulagement alors que Benedict les rejoignait en courant, une main sur son holster.

— Allons-y, les gars, décida le chef de la bande.

Mais avant de suivre ses amis, il lança à Maeve :

— Si tu reçois le paquet, dépose-le au Grendell. Et ne va pas t'amuser à le garder, ou la prochaine fois, c'est peut-être toi qui te retrouveras avec quelques trous dans la peau.

Le type partit à la suite de ses amis alors que Benedict, un homme d'un certain âge, arrivait à ses côtés en soufflant.

— Ça va, Dr Friedman ?

Pas trop. Mais elle hocha la tête et répondit :

— Oui. Merci d'être venu à la rescousse.

— Pas de soucis. Putain de toxicos. On va devoir faire plus de patrouilles. Hors de question qu'ils harcèlent le personnel.

Elle ne corrigea pas son hypothèse. Surtout parce que leur menace ne rimait à rien. Pourquoi aurait-on pensé qu'elle était impliquée dans quoi que ce soit d'illicite ? Parce qu'elle n'avait aucun doute que, quoi que cette boîte contienne, ce ne devait pas être très légal. Et puis, à part une petite frappe, qui s'amuserait à menacer un docteur et lui ordonner d'aller à l'encontre du serment d'Hippocrate ? Quand quelqu'un arrivait à l'hôpital, le pourquoi du comment de leur état n'avait pas d'importance. Elle avait le devoir de faire tout ce qui était en son pouvoir pour sauver la vie de la personne.

Ce qui lui rappela l'inspecteur. Elle ferait vraiment bien de le contacter et lui dire ce qui venait de se passer. Aller au commissariat, faire une déposition, répondre aux questions et sans doute regarder des photos de suspect : ça prendrait des heures.

Soupir. Le ciel n'en finissait pas de s'éclaircir, ce

qui ne faisait que souligner sa fatigue. Et pour quoi ? Elle n'avait pas envie d'être impliquée là-dedans. On l'avait simplement prise pour quelqu'un d'autre. Elle n'avait pas de colis en sa possession.

Benedict la raccompagna jusqu'à sa voiture. Elle roula tout droit jusqu'à chez elle et utilisa la télécommande de la porte du garage pour s'y glisser en regardant dans son rétroviseur tandis qu'elle se refermait, soudain parano à l'idée que quelqu'un entre à sa suite. Elle se débarrassa de sa veste, son sac à main, et ses chaussures qu'elle déposa sur le plateau en caoutchouc à l'entrée. Elle faillit tomber à la renverse quand la sonnette retentit.

Une voix résonna :

— Il y a quelqu'un à l'entrée.

Plutôt que d'ouvrir la porte, elle se plaça à la fenêtre pour jeter un coup d'œil. Une camionnette de livraison était garée devant, et le chauffeur était déjà en train de s'éloigner de chez elle, les mains vides. Alors que la camionnette repartait, elle ouvrit la porte et trouva un colis dépourvu de toute indication à l'exception de son adresse sur le dessus, écrite à la main, avec son nom.

M. Friedman.

L'espace d'une seconde, elle revit ces types sur le parking. Effrayée, tout à coup, elle tira le paquet à l'intérieur et verrouilla la porte. Appuyée au chambranle, elle fixa le colis.

Une coïncidence, c'était possible.

Du vin. Avec du vin, ça irait mieux. Les mains tremblantes, elle retira le bouchon d'une bouteille de sauvignon.

Elle en avala une grande rasade en marchant autour du colis qu'elle avait placé dans son salon. Les rideaux étaient tirés, comme si elle craignait d'être épiée.

C'était ridicule. Le quartier était sûr. Même si elle ferait bien de faire réparer son alarme. Trois des capteurs aux fenêtres avaient besoin d'être changés.

Elle entama un second verre, plus lentement, et alla chercher un couteau pour couper le scotch qui maintenait les rabats du carton. Elle les souleva et trouva un second carton à l'intérieur, et une enveloppe qui lui était adressée, avec le nom d'un cabinet d'avocat embossé dans le coin en haut à gauche.

Bon, ça commençait à devenir bizarre. Elle prit une gorgée de vin et tint l'enveloppe dans sa main tandis qu'elle contemplait la boîte à l'intérieur de la boîte. La seconde ressemblait à ce qu'on voit dans les bureaux d'avocat : en carton, avec un couvercle et des poignées. Elle souleva le couvercle pour jeter un œil : des dossiers et d'autres trucs. Sur le dessus était posée une feuille de papier pliée.

Avec un vertige soudain, elle laissa retomber le couvercle et prit quelques gorgées de vin supplémentaires avant d'ouvrir l'enveloppe avec le logo du cabinet d'avocat. À l'intérieur, une lettre dactylographiée. Ce qu'elle disait ? Son bon à rien de père était mort. Et ses affaires étaient dans la boîte.

Oh bon sang, non. Comme si elle en avait quelque chose à faire que l'homme qui avait donné son sperme pour la créer soit mort. Elle ne le connaissait pas et elle n'avait pas envie de commencer à le connaître maintenant.

Elle attrapa la boîte et marcha vers la porte d'entrée, prête à la jeter dehors. Mais elle s'arrêta. Et si, plus tard, elle regrettait de s'en être débarrassée ? D'avoir perdu l'occasion d'en découvrir davantage sur son père ? Peut-être qu'elle ferait mieux d'attendre un peu et de prendre le temps d'y réfléchir.

Elle descendit la mettre à la cave. Hors de sa vue. Hors de son esprit.

Le verre de vin qu'elle descendit ne calma pas le tremblement de ses mains et elle eut bien du mal à s'endormir. Quand ce fut enfin le cas, elle bascula dans un sommeil agité, peuplé de cauchemars où des monstres la poursuivaient, s'assurant qu'elle se sente pire au réveil qu'au coucher.

En buvant son café, qu'elle aurait mieux fait de s'administrer en intraveineuse, elle appela Brandy.

— Je ne vais pas pouvoir venir voir ce film ce soir. Je suis épuisée. J'ai pas réussi à dormir.

— J'ai entendu dû dire que tu t'étais fait accoster sur le parking.

— Qui te l'a dit ?

Brandy renifla.

— Benedict l'a dit à Darcy qui l'a dit à tout le monde.

— J'ai eu la trouille.

Elle ne mentionna pas la boîte ni son père.

— Benedict a dit qu'il demanderait davantage de sécurité.

— Et on lui dira non parce que Peabody est un gros radin.

— Je suis sûre qu'on n'a pas besoin de s'inquiéter. Ces types voulaient surtout me donner un avertissement.

— Par rapport à ?

— Grosso modo, j'aurais dû laisser mourir notre victime de blessures par balles. Apparemment, il n'était pas censé sortir de là sur ses deux jambes.

— Oooh, fascinant.

Maeve pouvait presque voir les yeux ronds de Brandy alors qu'elle s'écriait :

— Je me demande pourquoi ils veulent sa mort.

— J'en sais rien. Et je m'en fiche.

— C'est évident que tu ne t'en fiches pas, sinon tu aurais dormi, remarqua Brandy, futée. Habille-toi.

— Pourquoi ? Je t'ai déjà dit que je n'étais pas d'humeur à aller voir un film.

— J'ai entendu. Et ce n'est pas pour ça que je viens te chercher. Il faut que tu te détendes et, tu as de la chance, je sais exactement où aller pour ça. Lanark Leaf. Ils vendent du cannabis.

CHAPITRE 4

Griffin se tenait devant la grande baie vitrée de son appartement tandis que Billy relayait tout ce qu'il avait appris sur la fusillade.

— Il faut encore que je confirme, mais l'équipe de sécurité de l'hôpital a rempli un rapport sur une médecin qui s'est fait harceler sur le parking après son service.

— Et en quoi ça me regarde ? demanda-t-il en tournant le dos à la fenêtre.

— Peut-être en rien, mais j'ai trouvé ça intéressant que trois types masqués se pointent pour cibler spécifiquement la médecin qui s'est occupée de toi.

Voilà qui retint son attention.

— Est-ce qu'elle a dit ce qu'ils voulaient ?

Billy secoua la tête.

— Le compte-rendu ne le disait pas et je ne lui ai pas encore parlé. Elle ne travaille pas avant mardi et même si j'ai son adresse, je ne pense pas que je devrais aller la voir chez elle à ce sujet. Je ne travaille pas officiellement sur ce cas. Si elle appelait le commissariat…

Griffin le coupa en abattant sa main dans l'air.

— Ne fais rien qui puisse attirer l'attention. Je m'en occupe.

— Tu es sûr que c'est une bonne idée ?

— Il faut que je fasse quelque chose. Les gars sont sur les nerfs. Ils veulent du sang pour ce qui s'est passé.

Dans la Meute, la loyauté était féroce. Ils étaient prêts à mourir les uns pour les autres.

— Je ne sais pas si l'incident avec la médecin est lié aux types qui t'ont tiré dessus.

— On le saura bientôt, j'imagine. C'est quoi son adresse ?

— Je te l'enverrai par texto.

Griffin frotta sa mâchoire piquante.

— Tu crois que ça aurait pu être la Meute Sauveur ?

Il s'agissait de leurs rivaux sur l'autre rive.

— Mon contact chez eux dit que non.

— Comme s'ils allaient avouer, marmonna Griffin.

Toutefois, ça ne ressemblait pas à quelque chose que Félix, le chef de l'autre Meute, aurait fait.

— J'en déduis que tu n'as toujours pas trouvé de vidéos de sécurité qui montrent la fusillade.

C'était allé si vite, Griffin n'avait pas vu grand-chose d'autre que le flou d'un véhicule en mouvement, et les flashs des coups de feu.

— Non. Et même si c'était le cas, je parierais que leur voiture était soit volée, soit dépourvue de plaques. Ça pourrait même être celle qu'on a retrouvée cramée sous un échangeur routier ce matin.

— Alors tu es en train de me dire qu'on a que dalle, soupira Griffin.

— Désolé, patron. Je vais continuer à fouiller.

— Ne t'excuse pas. Ce n'est pas de ta faute. J'apprécie tes efforts. Mais sois prudent. Quiconque prêt à s'en prendre à moi n'hésiterait pas à te tuer.

— Ils peuvent toujours essayer, répliqua Billy avec un sourire assuré.

— Fais gaffe.

— C'est toi qui dois faire attention. Hors de question que tu meures et que tu laisses un vide pareil à la tête de la Meute. On risquerait de se retrouver coincés avec Félix et son drôle de délire avec les boissons protéinées.

— Dis donc, je me sens vraiment aimé.

— Tu préférerais que je te passe la pommade ?

— Oui ! rétorqua Griffin avec un grand sourire. Tu ferais mieux de filer avant que quelqu'un te voie avec moi.

Billy faisait partie de la Meute, mais personne n'était au courant à l'extérieur et ils avaient envie que ça reste ainsi. Cela voulait dire ne laisser personne en dehors des gars voir Griffin et Billy ensemble. Une des raisons pour lesquelles il avait acheté ce bâtiment, c'était son accès souterrain. Un propriétaire précédent avait non seulement construit un escalier secret avec des portes dissimulées à chaque étage, mais avait carrément creusé un tunnel qui passait du sous-sol au réseau de métro. Cela rendait très facile de rentrer et sortir discrètement, surtout que seule la Meute était au courant des passages secrets.

Alors que Billy partait vers le panneau lambrissé qui dissimulait la porte, il s'arrêta devant les écrans de sécurité sur lesquels on voyait les images des différentes caméras placées dans la boutique.

— On dirait que la toubib sait qui tu es, déclara-t-il en pointant une image.

— Qu'est-ce que tu racontes ?

— Parce qu'elle est là, dans ta boutique, en train de regarder les vapoteuses.

Sur cette déclaration inattendue, Billy s'en alla. Forcément, Griffin eut envie de vérifier ce qu'il en était. Il fixa l'écran et observa la femme. C'était une vraie beauté, ce dont il ne s'était pas rendu compte vu que seuls ses yeux avaient été visibles pendant leur première rencontre. Et il avait été plutôt distrait par les balles qu'il avait sous la peau.

Elle avait de longs cheveux rassemblés en un chignon défait, des traits fins, des lèvres pleines, et un jean qui lui moulait les hanches. Le genre de corps qui donnait envie aux hommes de s'attarder sur sa silhouette. Canon. Sûrement prise. *Dommage*, fut tout ce qu'il parvint à penser alors qu'elle se penchait sur une vitrine pour regarder quelque chose que la femme à côté d'elle lui montrait.

Pourquoi était-elle dans sa boutique ? C'était peut-être une coïncidence. Après tout, même les toubibs fumaient. Toutefois, avec le secret que Griffin gardait, il ne se contentait jamais de l'explication la plus simple.

Et si la médecin l'avait reconnu d'une façon ou d'une autre ? Est-ce qu'elle était déjà venue dans sa boutique et l'avait vu derrière le comptoir ? Il ne travaillait pas souvent en bas, enfin, plus. Est-ce qu'elle l'avait cherché et si oui, pourquoi ? Il ne se souvenait pas avoir fait quoi que ce soit aux urgences là où on aurait pu le voir. Dès qu'il avait pu fuir la salle d'opération, il était entré dans une salle vide pour se transformer. Il avait bien reniflé autour de lui pour s'assurer qu'il n'y avait personne alentour avant de se faufiler dans le couloir désert. Une fois sorti de cette section, il n'avait pas pu éviter de se faire voir. Les gens avaient vu un loup, oui, mais personne n'aurait dû associer cela avec un patient qui se faisait la malle.

Mais s'il avait fait quelque chose avant de reprendre conscience ? Peut-être que la médecin avait vu quelque chose qui la rendait soupçonneuse ? Et ces hommes, sur le parking ? Était-ce eux qui lui avaient demandé de venir dans sa boutique ?

La curiosité lui fit enfiler un sweat à capuche auquel il ajouta une casquette et des lunettes de soleil. La Meute le reconnaîtrait à l'odeur, mais pour n'importe qui d'autre qui jetterait un regard nonchalant dans sa direction, il serait à peu près anonyme. Il descendit les escaliers et se glissa dans la réserve d'où il écouta la toubib et son amie discuter avec Lonnie à la caisse. Le bip qui marquait la vente résonna. C'était pour lui le signal de se mettre en route.

Il passa dans l'allée avant que la cloche de la porte d'entrée ne l'avertisse qu'elles étaient sorties. Il compta jusqu'à dix, sachant que c'était à peu près le temps qu'il leur faudrait pour passer devant lui. S'il ne les voyait pas, cela voulait dire qu'elles étaient parties dans l'autre sens.

À sept, elles passèrent devant lui : deux amies, qui ne se souciaient pas du monde qui les entourait. Elles ne le remarquèrent même pas et il leur emboîta le pas, juste un passant de plus qui se baladait par un bel après-midi un samedi. Elles n'allèrent pas bien loin et tournèrent dans une rue de côté qui donnait sur un quartier résidentiel un peu plus ancien : des bâtiments à un étage, rectangulaires, en briques ; un style qu'on retrouvait un peu partout à Ottawa.

Quand elles bifurquèrent vers une maison, il continua à avancer sur le trottoir d'en face et ne s'arrêta pas pour regarder avant d'avoir entendu une porte claquer. Seulement alors, il traversa et revint en arrière et se glissa dans un jardin, deux maisons avant celle qui l'intéressait. Il y avait un panneau *À vendre* devant, et pas de rideaux aux fenêtres, ce qui en faisait un bon endroit pour se cacher et observer. Une fois qu'il serait entré, bien sûr. Ce n'était pas dur : les touches du boîtier de sécurité gardaient l'odeur de la personne qui appuyait dessus à chaque visite. Il fallait juste trouver le bon ordre. En moins de deux, il fut à l'intérieur et monta à l'étage. Il entrouvrit une fenêtre pour surveiller la maison où la médecin et son amie étaient entrées. Sa maison à elle ? Il le saurait vite.

Il envoya un message à Billy.

Eh, c'est quoi l'adresse de la toubib ?

Alors qu'il attendait la réponse, il lui apparut qu'il ne connaissait toujours pas son nom. Mais il avait une idée de comment le découvrir. Il ouvrit le site de l'hôpital sur son téléphone. En quelques clics, il eut la liste du personnel. Seulement des noms, pas de photos.

Heureusement, Billy lui envoya un message avec tout ce qu'il lui fallait.

Maeve Friedman.

Son adresse était celle de la maison où il l'avait suivie. Trente-sept ans. Pas de casier. Pas même une amende pour excès de vitesse.

Son nom, sa ville et connaître son apparence physique lui suffirent pour la retrouver sur les réseaux sociaux. Elle ne postait pas grand-chose mais ses profils indiquaient qu'elle était célibataire.

Comme Griffin avait quelques heures avant la tombée de la nuit, il fit la sieste : son corps avait besoin de sommeil après ce traumatisme physique. La guérison rapide, un attribut propre aux lycans, lui prenait beaucoup d'énergie.

Quand il se réveilla, la nuit était tombée et les lampadaires s'étaient allumés. Ils étaient en nombre suffisant pour éclairer la zone tout en créant de profondes poches d'ombre. Parfait pour se faufiler discrètement par-derrière. Il quitta la maison et se rapprocha avec prudence, de jardin en jardin, en espérant que personne ne le repérerait et n'appellerait la police.

Quand il arriva sur le terrain de la médecin, il se courba pour inspecter les barres sur les fenêtres du sous-sol. La rouille les faisait adhérer. Ce n'était pas par là qu'il rentrerait.

Il examina l'arrière de la maison, avec sa porte vitrée coulissante et une petite véranda qui menait à un bout de jardin couvert de graviers. La méthode des classes supérieures pour éviter de tondre la pelouse.

Le bruit soudain de la porte coulissante le fit se précipiter hors de vue. Blotti contre le porche, il espéra que la personne qui était sortie ne baisserait pas les yeux vers là. Un parfum vogua vers lui : sucré, avec une touche de vanille et de savon. Était-ce la toubib ? À l'hosto, il était dans un état second et ses sens ne fonctionnaient pas à plein régime, sans mentionner qu'elle s'était désinfectée avant d'opérer.

Une planche craqua alors qu'elle avançait vers le bord de la terrasse. Il l'entendit inspirer et sentit la fumée de la vapoteuse. Sucrée, avec un soupçon de hasch. Probablement une formule « nuit tranquille ». Très populaire chez les cols blancs.

Un regard rapide lui confirma que c'était bien la médecin qui fumait. Elle prit environ trois taffes avant de rentrer. *Clic*. Le verrou s'était engagé. Bien vu. En ville, on ne pouvait jamais être trop prudent. Sa boutique avait des barres aux fenêtres et des portes renforcées par de l'acier.

Mais aussi prudents que les gens soient avec les entrées au rez-de-chaussée, ils avaient tendance à faire moins attention avec les fenêtres à l'étage. Il leva la tête. Il n'y avait pas d'auvent derrière. Devant, par contre, il se rappelait qu'il y avait un porche qui couvrait les marches. Bien éclairé. Il lui fallait trouver un autre moyen d'entrer.

Il retourna à la maison où il avait fait la sieste, cette fois en utilisant la fenêtre de l'étage pour sortir sur le toit. Vivre en ville, c'était la promiscuité avec ses voisins. C'était super facile pour lui de sauter sur le toit d'à côté, et de là, sur celui de la toubib. C'est ensuite que ça se compliqua, car il dut trouver une fenêtre qui n'était pas fermée, et ensuite, se balancer sur la corniche, ouvrir la moustiquaire – en silence, bien sûr – et faire coulisser la vitre. Il se faufila dans une chambre qui ne pouvait être que la sienne. L'odeur de la médecin y était partout.

Il n'alluma pas mais il y voyait correctement, même dans la pénombre. Un lit fait, avec un seul gros oreiller. Une table de nuit de chaque côté. Une commode au pied. Un placard avec des miroirs aux portes. Une seule porte vers l'extérieur. Les maisons plus anciennes comme celles-ci n'avaient pas de salles de bain en suite.

Il traversa la chambre pour aller jeter un coup d'œil par la porte, mais revint bien vite en arrière en entendant quelqu'un monter les escaliers.

Où se cacher ? La porte du placard ferait trop de bruit avec sa vieille glissière en métal. Il n'avait pas le temps de s'échapper par la fenêtre. Il plongea sous le lit en espérant que le couvre-lit ne se balancerait pas trop longtemps.

Elle entra et alluma l'interrupteur. Sous le lit, la vue obstruée par le tissu vaporeux, il n'eut qu'un vague aperçu de ses pieds et ses chevilles alors qu'elle se déplaçait dans la chambre. Il entendit un bruit de tissu alors qu'elle se débarrassait de ses vêtements et les plaçait dans une corbeille, suivi d'un tiroir qui s'ouvrait et se fermait : elle prenait son pyjama. Une nuisette sexy ou un ensemble confortable ?

Peu importait. La lumière s'éteignit et elle marcha

jusqu'au lit. Les ressorts craquèrent légèrement quand elle y grimpa.

Eh merde. Il était coincé jusqu'à ce qu'elle s'endorme.

Allongé sous le lit, en train d'attendre, la pensée lui vint enfin : *qu'est-ce que je suis en train de foutre ?*

Il ne savait pas franchement pourquoi il avait ressenti le besoin d'entrer. Qu'est-ce qu'il s'attendait à trouver, au juste ? Elle n'était pas de mèche avec ses ennemis, à l'évidence, sinon elle l'aurait laissé mourir aux urgences.

Mais elle était venue dans sa boutique.

Acheter de l'herbe. La meilleure de la ville.

Qu'elle avait fumé ensuite.

Quel abruti il faisait. Un gros parano, coincé sous un lit, alors que la femme qui s'y trouvait se tournait et se retournait, tracassée par quelque chose.

Pas comme Griffin. Il s'endormit bien avant elle.

CHAPITRE 5

Le cannabis mêlé à son épuisement finit par faire son effet et Maeve s'endormit en bavant sur son oreiller, jusqu'à ce qu'elle soit réveillée par un bruit de verre brisé.

Choquée, elle se raidit dans son lit. Avait-elle imaginé ce son ? Rêvé ? Elle roula sur le côté. Le grincement du matelas et le froissement des draps étaient sonores dans le silence. Elle s'immobilisa dans sa nouvelle position et tendit l'oreille.

Rien.

Elle enfouit son visage dans l'oreiller.

Crac.

Elle rouvrit les yeux. On aurait dit quelqu'un qui montait à l'étage. La troisième marche faisait toujours du bruit, peu importait où on mettait son poids dessus.

Elle s'assit et tendit la main vers la batte de baseball qu'elle gardait à côté du lit. Elle avait vu trop de victimes d'arme à feu pour en posséder une elle-même. Elle agrippa la barre d'aluminium, balança les jambes hors du lit et se leva. La batte à la main, elle ignora le téléphone sur sa table de nuit. Elle n'avait pas envie d'appeler les secours de façon prématurée. Si c'était une urgence, elle n'aurait qu'à dire *Boum-badaboum*, pour que la macro qu'elle avait programmée sur son logiciel de domotique appelle les secours. Elle avait pris un cours sur la sécurité où on leur avait déconseillé d'utiliser des mots courants pour ne pas appeler la police par accident.

Elle se rapprocha de la porte ouverte de sa chambre et s'interrompit en entendant un bruit sourd. Puis un autre, suivi d'un grognement qui lui fit hausser les sourcils. Elle claqua la porte de sa chambre et cria :

— Boum badaboum !

Elle se précipita vers son téléphone en regrettant d'avoir traîné des pieds pour faire réparer son alarme. Le téléphone finit de composer le numéro et elle le saisit d'une main.

Ça sonna une fois avant qu'une voix demande :

— Services des secours, quel est votre problème ?

— Quelqu'un s'est introduit chez moi, et il est toujours là !

En général, Maeve était flegmatique, mais là, elle était perturbée. Avoir conscience du taux de criminalité et en être directement la victime, c'était différent, et ça foutait la trouille. Sur les conseils de l'opérateur, elle resta dans sa chambre, la batte à la main, et écouta la voix rassurante lui donner des nouvelles de l'avancée de la police.

Quand elle entendit frapper à l'entrée et reçut la confirmation que c'était bien eux, elle s'aventura dans le couloir, une main crispée sur son téléphone, l'autre sur la batte. On ouvrit la porte d'un coup de pied et elle grimaça. On lui hurla :

— Mains en l'air !

Elle obtempéra.

— Lâchez votre arme ! hurla un policier qui la tenait en joue.

Elle écarquilla les yeux. Elle lâcha la batte qui tomba par terre dans un grand bruit et fit sursauter le jeune policier.

Il fallut que quelqu'un aboie :

— Qu'est-ce que tu fous, Peterson ? Range ton putain de flingue !

Pour que le bleu abaisse son arme.

Maeve aurait pu soupirer de soulagement à la vue de l'homme qui apparut en bas des escaliers.

— Inspecteur Gruff ! s'écria-t-elle avec joie.

— Dr Friedman, est-ce que ça va ? J'ai entendu sur ma radio que vous aviez un cambriolage.

— Je vais bien.

Elle descendit les marches, et entendit la troisième en partant du bas grincer sur son passage.

— Vous avez vu quelque chose ?

Elle secoua la tête.

— Je suis restée cachée dans ma chambre.

— C'était le plus intelligent à faire.

L'inspecteur pointa du doigt en direction de son salon.

— On dirait qu'ils sont passés par la fenêtre de devant. Ils n'ont pas été très propres.

— Où est-ce qu'ils sont ? demanda-t-elle en serrant son téléphone des deux mains.

— C'est ce qu'on essaie de découvrir. D'abord, on va s'assurer qu'ils ne sont plus ici. Peterson, vérifie le haut. O'Connor, tu prends le sous-sol. Je reste avec le docteur et je m'occupe du rez-de-chaussée.

Alors que les deux policiers en uniforme suivaient les instructions, Maeve observa l'inspecteur.

— Je suis étonnée qu'ils vous aient envoyé.

— J'ai entendu votre nom passer et je me suis dit autant venir voir moi-même si tout allait bien.

— Comme je l'ai dit, je me suis cachée. Je vais bien.

Techniquement. Elle n'avait rien, à l'exception de son état mental.

L'inspecteur passa dans le salon et observa les dégâts : le verre brisé qui jonchait le sol, et la petite table renversée sur laquelle s'était trouvée une plante.

— On dirait qu'il n'essayait pas d'être très discret. Probablement un toxico qui cherchait du cash ou des trucs à revendre.

— On aurait dit des gens qui se battaient.

Elle avait entendu un grognement et un bruit sourd, comme un coup de poing. Mais bon, elle n'avait écouté qu'une seconde avant de s'enfermer dans sa chambre.

— Peut-être qu'ils étaient plusieurs et qu'ils se sont embrouillés.

— Peut-être.

Elle se serra dans ses propres bras, un peu sceptique. Cette hypothèse ne la faisait pas se sentir spécialement mieux.

Peterson réapparut :

— Rien à l'étage.

O'Connor se présenta à son tour, et il répéta la même chose pour le sous-sol. L'inspecteur agita une main.

— Vérifiez le rez-de-chaussée et puis passez au jardin.

Les policiers repartirent et elle demanda :

— Vous pensez qu'ils sont toujours là ?

— Non, mais c'est mieux d'en avoir la certitude.

— Vous pensez vraiment qu'ils cherchaient de l'argent pour la drogue ? demanda-t-elle en se mordillant la lèvre inférieure.

— C'est probable, à moins que vous ayez une autre idée ?

L'espace d'une seconde, elle repensa aux types sur le parking, ceux qui voulaient un carton. Était-ce relié ? Ce n'était pas une pensée rassurante, car cela voulait dire qu'ils savaient où elle vivait.

Peterson revint avant qu'elle puisse répondre :

— Il n'y a personne.

— Où est O'Connor ?

— Dans le jardin, en train de vérifier entre les maisons.

— On dirait que nos voleurs ont pris la fuite. Je doute qu'ils reviennent, mais c'est peut-être mieux si vous dormez ailleurs le temps que cette vitre soit remplacée. Si vous avez du contreplaqué et une visseuse, je peux vous aider à la couvrir.

— Normalement, j'embauche quelqu'un pour ce genre de travaux.

L'inspecteur Gruff mit les mains sur ses hanches.

— On ne peut pas vous laisser seule avec une vitre cassée. C'est comme une invitation pour les malfaiteurs. Peterson, reste avec le docteur. Je reviens tout de suite.

— Attendez, qu'est-ce qui se passe ? Où est-ce que vous allez ?

Il s'avéra qu'il n'était pas allé loin et il revint vite, avec une palette en bois et une perceuse. Il demanda l'aide de Peterson pour démonter la palette et il la lui fit tenir pendant qu'il la vissait au cadre de la fenêtre.

Après avoir sécurisé ainsi la maison, il sourit et dit à Maeve :

— Personne ne rentrera par là.

— Merci.

C'était un remerciement sincère. Il avait fait de son mieux pour la protéger. Pourtant, après le départ de l'inspecteur et ses collègues, elle fut incapable de se rendormir. Elle resta assise dans le noir sur son canapé, la batte sur les genoux, à se demander quand sa vie était-elle devenue aussi compliquée.

CHAPITRE 6

Griffin se laissa tomber sur la banquette arrière de Billy alors que celui-ci démarrait. L'inspecteur lui jeta un coup d'œil dans le rétroviseur.

— Je n'arrive pas à croire que tu étais chez elle.

— Tu as dû me sentir.

Il grimaça. C'était le problème dans le fait d'interagir avec d'autres de son espèce.

— Oui, je t'ai senti, putain. Tu as de la chance qu'elle non. Qu'est-ce que tu faisais chez elle ?

— Je regardais comment ça allait pour elle. Je me suis retrouvé coincé à l'intérieur et j'ai dû me faire discret et attendre une occasion de décamper.

Une longue explication alambiquée pour éviter de reconnaître qu'il s'était endormi.

— Et si elle t'avait vu ?

— Ce n'est pas le cas, et au final, c'était une bonne chose que j'ai choisi ce soir pour l'espionner vu ce qui s'est passé.

— Tu as pris un sacré risque juste pour lui éviter un cambriolage.

— C'était juste un cambriolage ? demanda Griffin.

— C'est le plus probable. Cette rue est peut-être gentrifiée, mais on sait tous les deux qu'à juste deux pâtés de maisons, c'est un repère à délinquants.

Les logements à loyer modéré ne profitaient pas toujours à ceux qui en avaient le plus besoin. La lie de la société savait s'y prendre pour s'y infiltrer, pavant le chemin à la violence et au vol.

— Je suppose qu'on découvrira son motif en l'interrogeant.

Billy pila.

— Attends un peu. Tu as chopé le mec qui est entré par effraction ?

— Oui. Même s'il ne s'est pas laissé faire gentiment. Les escaliers qui grincent à mort n'ont pas aidé. Il m'a entendu descendre. Il faudra que je m'en souvienne pour la prochaine fois.

— La prochaine fois ?

Billy se tourna pour le regarder directement.

— Tu n'aurais déjà pas dû être chez elle cette fois-ci.

Effectivement, et il n'avait pas vraiment de réponse à cela.

— Peut-être. Ou peut-être que la Chance m'a souri et m'a placé au bon endroit au bon moment.

— J'ai plutôt l'impression que tu essaies de faire

d'un simple cambriolage un truc beaucoup plus important que ça ne l'est.

— Pourquoi tu pars toujours du principe que ce n'était pas dirigé ?

— Le mec que tu as capturé a dit quelque chose ?

— Non. J'ai tapé un peu fort. On lui parlera quand il se réveillera.

— Je suis surpris que tu l'aies laissé derrière. Genre, tu l'as planqué sous un buisson ?

— Nan, dans ton coffre.

Billy laissa sa tête cogner son volant.

— Tu te fiches de moi ? Et si quelqu'un t'avait vu ?

— Personne n'a vu ? Merci de t'être garé dans un coin sombre. Et puis, on sait tous les deux que tous les yeux étaient sur les gyrophares.

— Et si je ne m'étais pas pointé, tu aurais fait quoi ?

— J'aurais trouvé une solution.

La maison vide et son sous-sol auraient très bien fonctionné pour ses techniques d'interrogatoire.

— Tu te conduis de façon irrationnelle, ça ne te ressemble pas.

— Ah bon ? Le gars dans ton coffre, c'est un Lycan.

Billy fronça les sourcils.

— Tu es sûr ? Je n'ai senti personne d'autre que toi, mes collègues et elle à l'intérieur.

— C'est parce que ses fringues sont imbibées d'un

truc qui masque son odeur. Mais crois-moi quand je te dis que c'est un loup. Ce qui veut dire que tout ça est probablement lié à la Meute.

— Pourquoi s'en prendre à la toubib ?

— En guise d'avertissement pour m'avoir sauvé la vie ? proposa Griffin en haussant les épaules. Je t'avoue, s'en prendre à elle ne rime pas à grand-chose, et c'est pour ça que j'ai envie de poser quelques questions à notre invité. Tu peux nous laisser quelque part hors de la ville ?

— Tu ne comptes pas le laisser vivre ?

— Tu sais ce que je pense des criminels.

Griffin haïssait les voleurs qui s'en prenaient aux plus faibles. Et il détestait encore plus les brutes qui faisaient du mal aux gens sans raison. Ironique, pourrait-on penser, de la part d'un dealer.

— Un vrai superhéros, déclara Billy d'une voix traînante.

— Tu peux parler, *Inspecteur*.

— Tu sais qu'on a un truc qui s'appelle le système judiciaire.

— Qui prend trop de temps, pour des sentences trop légères, et l'ensemble du processus coûte une fortune à nos impôts, surtout avec des criminels de carrière. Ma méthode est bien plus efficace.

— Et plus risquée.

— Notre existence est risquée en elle-même, alors autant que ça serve à quelque chose.

Billy secoua la tête.

— Un de ces jours, je ne serai pas capable de te couvrir.

— Compris. Et si je suis brouillon au point de me faire prendre, alors je le mériterai.

Parce qu'il ne comptait pas arrêter – ou dire à ses gars d'arrêter – de nettoyer discrètement les rues d'Ottawa. Personne ne se souciait des voyous qui disparaissaient, ni des toxicos qui volaient des sacs à main ou cambriolaient des bagnoles. S'occuper des violeurs permettait à leurs victimes d'éviter le traumatisme de passer devant une cour de justice. C'était quelque chose qui lui tenait à cœur vu ce que sa sœur aînée, Allie, avait subi alors qu'elle était ado. Un des premiers trucs qu'il avait faits en devenant Lycan ? Retrouver ce putain de violeur et s'assurer qu'il ne ferait plus jamais de mal à la mère, la sœur ou la fille de quelqu'un.

— Alors, tu as trouvé quelque chose d'intéressant chez la toubib pendant que tu l'espionnais ? demanda Billy en se remettant à conduire.

— Rien. Elle semble être une meuf normale, qui travaille et aime bien la vanille.

— Elle est jolie.

Billy ne pensait sûrement pas à mal et pourtant, Griffin se mit à grogner :

— Laisse-la tranquille.

Billy haussa un sourcil.

— Alors c'est comme ça ?

— Comme quoi ?

— Elle t'intéresse.

— Non, nia-t-il farouchement.

— Si tu le dis, patron, rétorqua Billy sans se soucier de dissimuler sa jubilation.

Alors qu'ils passaient sur un pont routier, une lumière s'alluma sur le tableau de bord et Billy s'exclama :

— Le coffre est ouvert.

Il pila et Griffin se précipita hors du véhicule. Mais il était trop tard. L'homme qu'il avait capturé s'était échappé et venait de sauter par-dessus la rambarde du pont, pour plonger vers l'autoroute en contrebas. Un saut auquel il ne pouvait survivre.

Griffin fixa le corps en bouillie et la voiture qui venait de faire une embardée pour éviter de le percuter. Billy le rejoignit contre la rambarde et murmura :

— Qu'est-ce que c'est que ce délire ?

— Aucune idée.

Mais pour que le type préfère se suicider que répondre à quelques questions, c'était du lourd.

Et Griffin comptait bien tirer ça au clair.

CHAPITRE 7

La vitre de Maeve fut remplacée le lundi et, en dépit de son agitation, elle n'y fit pas placer des barreaux, ni sur le reste de ses fenêtres. Cela faisait presque dix ans qu'elle vivait là, et c'était son premier cambriolage. D'un point de vue statistique, elle devrait être tranquille un moment maintenant. Cette réflexion ne l'apaisait pas.

Quand elle retourna travailler le mardi pour un service de jour, elle découvrit par contre que passer de patient en patient avec un emploi du temps chargé calmait bien ses angoisses. Pas d'opération en urgence avec un beau mec qui se réveille au milieu. Pas de brutes masquées qui la menaçaient pour avoir fait son travail et sauvé une vie. Pas de demande pour qu'elle remette un colis qu'elle n'avait jamais demandé ni voulu. Un colis qu'elle aurait franchement dû envoyer valdinguer.

Juste une journée normale et pourtant, quand son

service se termina en fin d'après-midi, avec le crépuscule qui tombait déjà, sa nervosité revint. Jeff, le garde qui se tenait à l'entrée principale, lui sourit alors qu'elle approchait :

— Bonsoir, Dr Friedman.

— Bonsoir, Jeff. Je suppose que ce n'est pas possible de me raccompagner jusqu'à ma voiture ?

— On m'a raconté ce qui vous est arrivé l'autre jour. Saletés de toxicos, dit-il en secouant la tête. Donnez-moi juste une seconde. Il faut que je me déconnecte et que je ferme mon poste de travail.

Jeff se tenait dans une cabine d'où il gérait les allées et venues des piétons dans l'hôpital et s'occupait des problèmes qui apparaissaient. Dans un hôpital, une situation pouvait dégénérer en quelques secondes : quand les gens souffraient, que ce soit physiquement ou émotionnellement, ils pouvaient exploser n'importe quand.

— Un grand merci, dit Maeve même si cela lui déplaisait de rajouter cette nouvelle angoisse dans sa vie.

Brandy semblait penser que ça lui passerait. *Donne-toi quelques semaines et tu n'y penseras même plus.*

Maeve l'espérait de tout son cœur.

Des cris retentirent alors que Jeff finissait de fermer la porte de son box. Un coup d'œil à la salle d'attente avec les fauteuils bleus révéla deux hommes qui se donnaient des bourrades.

— Désolé, Docteur, dit le garde. Il faut que je m'occupe de ça d'abord.

— Bien sûr.

Maeve le regarda se dépêcher de rejoindre les hommes pour les séparer et grimaça quand il se prit dans la mâchoire un coup de poing qui ne lui était pas destiné.

Le garde secoua la tête et pointa du doigt.

— Dehors !

— Mais…

Ils se mirent à protester, comme quoi, en dépit de leur engueulade et d'avoir frappé Jeff, il n'y avait rien à leur reprocher. D'expérience, Maeve savait que ça allait prendre du temps. Elle jeta un coup d'œil aux portes et au flot de gens qui y passaient. Il faisait à peine sombre et il y avait encore du monde. Tout irait bien.

Les épaules en arrière. On inspire à fond. Elle franchit les portes, la tête haute, et avança rapidement sur le parking. Le personnel avait sa propre entrée, bien éclairée, mais elle ne put s'empêcher de regarder à droite et à gauche. Elle était nerveuse et sursautait au moindre signe de mouvement.

En approchant sa voiture, elle serra ses clés dans son poing en les laissant dépasser entre ses doigts, comme elle avait appris à le faire lors d'un cours de self-défense. Elle appuya sur le bouton. Les lumières clignotèrent, révélant une forme accroupie entre son véhicule et celui d'à côté. La personne se redressa.

Pas encore !

Elle s'arrêta et se serait tournée pour courir, sauf que l'homme qui attendait retira la capuche de son sweat, révélant ses traits. Pas de masque, alors elle le reconnut. Comme si elle avait pu oublier la mâchoire carrée de la victime des blessures par balles qui s'était barrée de l'hôpital l'autre soir.

Si elle n'avait pas retiré les balles elle-même, elle n'aurait jamais cru qu'il avait été blessé. Il s'avança vers elle d'une démarche assurée. Il devait toujours être drogué. C'était impossible autrement d'avoir une telle résistance à la douleur.

Et s'il était là, dans ce parking, ça ne pouvait être que pour une seule chose. Il voulait davantage de drogues.

Elle leva une main en signe d'avertissement.

— Arrêtez-vous. Pas un pas de plus.

Il s'immobilisa.

— Re-Bonjour, ma chérie.

— Je ne suis pas votre chérie. Qu'est-ce que vous faites là ? Qu'est-ce que vous voulez ? Je n'ai pas d'opioïdes sur moi et je ne peux pas non plus vous en prescrire.

— La vache, les gens vous tombent vraiment dessus pour ce genre de trucs ?

Il avait l'air surpris.

— Les toxicos n'ont pas de limites. Je suppose que je devrais aussi mentionner que je n'ai jamais de cash sur moi.

Il grimaça.

— Je ne suis pas un voleur. Ni un toxico, d'ailleurs.

— Dit l'homme qui me tombe dessus dans un parking.

Maeve n'abaissa pas sa garde, même une seconde, peu importe qu'il s'exprime avec cohérence.

Il haussa un sourcil.

— Je ne dirais pas que je vous suis tombé dessus alors qu'on est genre, à deux mètres de distance.

— Ce parking est réservé aux employés. Vous ne devriez pas être là.

— Je veux vous parler.

— Et vous vous êtes dit que c'était une bonne idée de me suivre dehors pour ça, plutôt que de rentrer dans l'hôpital où vous n'auriez pas eu l'air aussi menaçant ?

Il pinça les lèvres.

— Je n'ai pas dû assez y réfléchir. Mais je peux vous assurer que je ne suis pas là pour vous faire du mal.

— Alors qu'est-ce que vous faites là ?

— Plusieurs raisons. D'abord, je me suis rendu compte que je m'étais conduit comme un enfoiré l'autre jour. Vous étiez là, à me rabibocher, et je vous ai fait des misères. Désolé.

Il prononça ses excuses d'une voix basse et traînante qui semblait sincère.

— Ne vous en faites pas pour ça. Les gens disent des tas de trucs quand ils ont mal.

Tant qu'à y être, elle inclina la tête et demanda :

— Comment vont vos blessures ?

— Bien. Ça cicatrise.

— Et vous faites attention à ce que ça ne s'infecte pas ?

Le coin de sa bouche se souleva.

— Je vais bien, mais si vous voulez vérifier par vous-même, vous n'avez qu'un mot à dire et j'enlève mes fringues.

Était-il sérieusement en train de flirter ?

— Vous vous êtes excusé. Maintenant, si ça ne vous dérange pas, j'aimerais rentrer chez moi. La journée a été longue.

— Je comprends, mais ce n'est pas la seule raison pour laquelle je voulais vous parler. J'ai besoin de savoir : est-ce que le nom de Théodore Russel vous évoque quelque chose ?

Elle se figea. Quelle était la raison de tout cet intérêt pour son père, soudain ?

— Pourquoi ?

Une réponse évasive.

— La réponse c'est un oui ou un non, ma belle.

Elle pinça les lèvres et répondit à voix basse :

— Je connais ce nom.

— On ne dirait pas que vous appréciez la personne.

— Je le déteste.

Véhémente, soudain.

— Un peu dur, non ? Théodore Russel est votre père.

C'était une affirmation, pas une question.

— Je n'ai pas de père.

— Ce n'est pas ce que dit votre livret de naissance.

— Vous avez piraté mes informations personnelles ? Comment osez-vous ?

Elle était choquée par cette invasion.

— Ce n'est pas du piratage. L'information m'est plus ou moins tombée dessus, je n'ai fait que la vérifier.

Cela ne l'apaisait guère.

— Qui êtes-vous ? Pourquoi vous immiscez-vous dans ma vie privée ?

— Parce que vous êtes liée à Théo Russel, ce qui n'explique qu'en partie ce qu'ils sont en train de faire, marmonna-t-il.

— Qui fait quoi ? Et pourquoi vous vous intéressez à mon père décédé ?

— Alors vous êtes au courant qu'il est mort. Vu votre antipathie à son égard, je suppose que vous n'étiez pas proches.

— Difficile d'être proche de quelqu'un qu'on n'a jamais rencontré. Il a lâché ma mère quand j'étais bébé.

— Et il ne vous a jamais rendu visite ?

Il y avait une petite touche de surprise dans sa voix.

— Non.

— Étonnant pour quelqu'un qui n'a jamais manqué un seul mois de la pension alimentaire.

Elle fronça les sourcils.

— Pardon ? Mon père n'a jamais versé un centime à ma mère.

Celle-ci se plaignait constamment de cet enfoiré qui n'assumait pas ses devoirs.

— Oh, il payait, et des sommes généreuses. Son avocat conservait tous les reçus.

— Menteur. Ce genre d'infos, c'est confidentiel.

— Normalement oui, mais la situation est particulière, si bien que je sais qu'il a payé votre appareil dentaire, votre première voiture et la fac de médecine.

Elle se redressa de toute sa hauteur.

— C'est ma mère qui a payé tout ça. Mon père était un bon à rien qui nous a quittées et ne s'est jamais soucié de moi.

— Les relevés de compte ne mentent pas.

Ce qui sous-entendait que c'était sa mère qui mentait.

— Ma mère me l'aurait dit.

Faible, comme réplique.

— Je suis sûr qu'elle avait ses raisons et que c'est probablement lié à la raison pour laquelle votre père n'est jamais venu vous rendre visite en personne.

Mais le bon côté, c'est qu'il n'a jamais essayé d'échapper à ses responsabilités financières envers vous. Je peux le prouver si vous le souhaitez.

Elle cligna des yeux en le contemplant.

— Pas la peine, je m'en fiche.

Cela faisait longtemps qu'elle avait réglé sa peur de l'abandon. Découvrir aujourd'hui qu'il avait craché de l'argent malgré lui n'améliorait pas les choses.

— Vous avez dit tout à l'heure que des gens s'intéressent à votre père dernièrement, ce qui veut dire que je ne suis pas le premier à vous poser des questions sur lui. Et je ne serai pas le dernier. Votre père était un homme important dans certains cercles.

— Et donc ?

— Et donc certaines personnes pensent que vous, sa fille unique, pourriez leur être utile maintenant qu'il est mort.

— Ils vont être salement déçus de se rendre compte qu'être la fille de Théodore Russel ne veut rien dire du tout.

— Sauf qu'ils pensent que votre père vous a laissé quelque chose.

Était-il au courant pour le carton, ou bien est-ce qu'il tentait au pif ? Il était peut-être même ami avec les voyous qui l'avaient agressée l'autre soir.

— Écoutez, je ne sais pas dans quoi mon père était impliqué, mais ça n'a rien à voir avec moi. Alors, gardez-moi en dehors de ça.

— Je crains que ce ne soit pas possible, ma chérie.

— Mon nom c'est Dr Friedman.

— Et le mien c'est Griffin. Mais vous pouvez m'appeler chéri.

Ses pouces étaient coincés dans les passants de son jean. Un beau mec. Le mauvais genre de mec. Le genre de mecs avec qui elle ne se retrouverait jamais impliquée.

— Je ne vous le dirai qu'une seule fois : ôtez-vous de mon chemin.

— Pas avant qu'on ait réglé cette histoire avec votre père.

— Qu'est-ce que vous ne comprenez pas dans « il est mort » et « je ne veux rien avoir à faire avec lui » ? Vous vous êtes cogné la tête l'autre soir ?

— Ma tête va bien, mais vous, vous devriez remettre la vôtre à l'endroit, par contre. Je suis là pour vous aider.

— M'aider comment ? demanda-t-elle en haussant un sourcil. En m'intimidant ?

— J'essaie de vous aider à éviter une autre attaque. Cette effraction chez vous, ce n'était pas un accident.

Le nœud dans son ventre se resserra.

— Comment êtes-vous au courant de cela ? Vous y avez participé ?

— Bien sûr que non, protesta-t-il avec emphase.

— Comment je suis censée vous croire alors que vous avez reconnu m'espionner ?

— Je n'appellerais pas ça espionner. Davantage garder un œil sur vous, surtout maintenant que je sais que vous êtes impliquée dans cette histoire.

— Vous êtes dingue. Je ne suis impliquée dans rien du tout. Allez-vous-en.

— Vous êtes sans doute en danger. Votre père avait des ennemis.

— Lui, oui. Moi, pas.

Mais plus que jamais, elle se demandait ce que ce carton contenait. Elle aurait dû le brûler : il semblait être la cause de tous ses ennuis.

— Je vois que vous n'êtes pas prête à m'écouter. Quand vous le serez, venez me trouver à Lanark Leaf.

— La boutique qui vend du cannabis ?

Elle se rappelait vaguement le nom de cet endroit où Brandy l'avait traînée ce week-end.

— J'en suis le propriétaire. C'est une chaîne, d'ailleurs. Je m'appelle Griffin Lanark. Dites à la personne à la caisse de m'appeler pour vous.

— Ça n'arrivera jamais.

— Pour votre bien, j'espère que vous n'en aurez pas besoin.

— On dirait une menace.

— Si j'avais voulu vous faire peur, je ne m'y serais pas pris comme ça.

Cette déclaration était encore plus inquiétante. Il disparut parmi les ombres et Maeve fixa l'obscurité.

Elle se tira de son état second et se précipita

jusqu'à sa voiture. Elle rentra chez elle en dépassant les limitations de vitesse. Elle rentra dans son garage et appliqua sa routine d'attendre que la porte se referme, mais avec plus de tension qu'à l'habitude.

Pourquoi aurait-elle été en danger à cause d'un père qu'elle n'avait jamais connu ? D'après sa mère, il était parti avant qu'elle ait deux ans. Elle n'avait jamais vu sa photo, juste entendu les insultes de sa mère. Un enfoiré qui avait abandonné sa fille. Un bon à rien qui n'avait aucun sens des responsabilités. Un homme qui se fichait de rencontrer son enfant. Sa mère n'avait quand même pas menti ? Ce n'était pas comme si elle avait pu lui poser la question. Elle était morte trois ans auparavant dans un stupide incendie domestique.

Maeve se retrouva quand même dans son sous-sol, à fouiller pour retrouver le carton qu'elle avait caché l'autre jour sous l'effet de quelques verres de vin.

Elle le trouva derrière les affaires de Noël, un carton de notaire qu'elle traîna à l'étage pour le poser sur la table de la cuisine. L'ouvrir en étant sobre serait une erreur monumentale, alors elle se servit un verre de merlot et s'appuya au plan de travail en fixant la boîte.

Qu'est-ce qu'elle contenait ?

Peu importe. Elle devrait la mettre au feu. Elle ne voulait rien avoir à faire avec l'homme qui l'avait abandonnée. Sauf que, d'après Griffin, Théodore

Russel ne l'avait pas complètement laissée à son propre sort. Elle s'était toujours demandé comment sa mère avait réussi à payer la fac avec un salaire qui les forçait de base à compter le moindre centime.

Elle engloutit le vin et se servit un autre verre avant d'ouvrir le carton. Sur le dessus se tenait une feuille de papier ligné, pliée.

Gloups. Il lui fallut un autre demi-verre de merlot avant qu'elle parvienne à l'ouvrir de ses mains tremblantes.

C'était une lettre écrite à la main.

À Maeve, ma fille.

Elle reposa la lettre et avala une grande rasade de vin. Elle ne pouvait pas la lire. Pourquoi s'embêter ? Ça ne lui ferait aucun bien. Elle se versa un autre verre, en prit une gorgée, et se saisit à nouveau de la lettre.

À Maeve, ma fille.

Je sais que tu me détestes sans doute, et avec raison. Je ne t'écris pas pour te demander de m'excuser, bien que je sois désolé d'être parti et que nous n'ayons jamais eu l'occasion de nous connaître. Je voulais te garder en sécurité et ne connaissais qu'une seule façon de le faire. En me tenant à distance. Mais si tu lis ceci, cela veut dire que je suis mort. Et tu dois savoir que j'aurais voulu avoir davantage que les photos que ta mère m'envoyait de toi. J'aurais voulu pouvoir te dire à quel point j'étais fier de tes notes à l'école. À quel point je suis admiratif de la femme que tu es devenue. Dans ce carton se trouve mon seul héritage.

Transmis de génération en génération dans ma famille. Cela te revient désormais, pour trouver sa fin. Je sais que ça ne rime à rien et que tu mettras probablement le contenu de cette boîte au feu. C'est sans doute mieux ainsi. Certains secrets devraient le rester. Mais ce que je ne cacherais pas ici, c'est mes regrets et mon amour pour ma fille unique. Sois heureuse, Maeve.

Je t'aime, papa.

Des larmes dégoulinaient sur ses joues. C'était étonnant, étant donné qu'elle n'avait aucun lien émotionnel avec la personne qui avait écrit cette lettre. Pourtant, en quelques lignes, il s'était excusé et lui avait donné l'impression qu'il n'avait pas eu le choix, que l'abandonner avait été un acte de noblesse de sa part.

Ce qui la faisait soudain se demander : est-ce que son père était un criminel ? Tout ce qu'elle avait appris et vécu jusqu'à maintenant laissait entendre que ce n'était pas un type commode. Peut-être un patron de la mafia ?

Elle regarda le carton. Elle devrait le détruire. Allait-elle regarder dedans avant ? Avait-elle envie de savoir ce qu'il contenait ?

Ces brutes sur le parking l'avaient réclamé. Griffin lui avait dit que le cambriolage était lié à son père, ce qui voulait sans doute dire que la personne qui s'était introduite chez elle voulait la boîte, elle aussi. C'était peut-être le même groupe de criminels.

Pourquoi maintenant ? Et pourquoi son père avait-il décidé de l'impliquer tout à coup ?

Elle mit la lettre de côté et regarda dans le carton où elle trouva une pile de photos. Elle en connaissait trop bien certaines, c'était les portraits de la photo de classe, et elle en reconnut d'autres. Elle qui soufflait ses bougies d'anniversaire. Son bal de fin d'année. Plus loin dans la boîte, elle tomba sur d'autres photos, plus vieilles, jaunies, qui représentaient des inconnus. Un de ces visages accrocha son regard : un grand type, aux cheveux sombres, le visage carré, qui apparaissait dans la plupart des photos. Une des photos où il avait un bras passé autour des épaules de sa mère, tout jeune, un bébé blotti contre elle, régla la question.

C'était son père qu'elle regardait. Elle avait enfin un visage à mettre sur le nom.

Elle se mit à sortir tout ce qui restait dans le carton, mais il n'y avait rien d'autre qu'une grosse pile de photos, une couverture rose dans un sac en plastique qui avait dû lui appartenir, *Le Fléau*, de Stephen King, en livre de poche, écorné, et un classeur enveloppé dans plusieurs épaisseurs de papier bulle. Il contenait des feuilles jaunies dans des pochettes en plastique. Certaines avaient l'air vieilles, l'encre à moitié effacée par endroits. Elle étrécit les yeux pour essayer de lire, mais ça ne semblait être ni de l'anglais ni du français, les deux seules langues qu'elle était capable de reconnaître. Si elle avait dû émettre une supposition, son père lui avait laissé de vieilles recettes de leur famille. Il n'aurait pas dû s'embêter. Elle ne cuisinait pas.

C'était ça que ces brutes voulaient ? Il n'y avait rien de valeur là-dedans. Juste des bêtises à valeur sentimentale.

Elle laissa le contenu du carton répandu sur la table et alla se coucher avec sa bouteille de vin. Porte fermée. La batte en alu sur le matelas avec elle.

Prête à accueillir les ennuis.

CHAPITRE 8

Au cas où, Griffin avait décidé de passer la nuit sur le toit de la toubib pour monter la garde, même s'il savait qu'elle péterait un câble si elle apprenait qu'il était là.

Dommage. Parce qu'il s'avérait que le cambriolage de l'autre jour n'était pas dû au hasard.

Plus tôt dans la journée, il avait reçu un appel. Normalement, il ignorait les numéros inconnus, mais comme il était de mauvaise humeur et qu'il avait envie de se passer les nerfs sur quelqu'un, il avait décroché.

— *Allô, Ducon. C'est quoi l'arnaque aujourd'hui ? Tu vas m'arrêter parce que j'ai oublié de payer mes impôts ? Ou bien j'ai gagné un voyage ?*

— *Vous êtes bien Griffin Lanark, l'Alpha de la Meute Byward ?* souffla un homme d'une voix affairée.

La mention du nom de sa meute le mit aussitôt sur ses gardes.

— Qui le demande ?

— Je m'appelle Dwayne Roberts. Je suis l'avocat de Théo Russell.

Russell était l'Alpha de la Meute Patte D'or de Toronto.

— Comment puis-je vous aider ?

— Théo Russell est mort. Il a été tué par son neveu.

Droit au but.

Il avait déjà entendu les rumeurs par des amis qui vivaient à Toronto, si bien que cette déclaration ne prit pas Griffin complètement par surprise. Apparemment, le neveu de Théo, Antonio, l'avait défié, et plusieurs personnes accusaient le jeune d'avoir triché et tué Théo dans un combat inégal.

Apparemment, il n'y avait pas eu de témoins du combat entre l'oncle et son neveu. La meute n'avait que la version d'Antonio selon laquelle il avait réussi à prendre le dessus sur l'autre loup, pourtant plus gros et plus habile. Le combat n'avait pas besoin d'être à mort : il suffisait de prendre son adversaire à la gorge jusqu'à ce qu'il concède la victoire. D'après Antonio, Théo n'avait pas supporté la honte d'avoir perdu et il s'était jeté dans le lac Ontario. Son cadavre n'avait pas été retrouvé et il y avait pas mal de monde dans la Meute pour traiter Antonio de menteur et refuser de le reconnaître chef de Meute.

Si bien que la Patte d'Or, une Meute grande et puissante, était prise dans la tourmente. Si ses membres refusaient la prise de pouvoir d'Antonio, qui prendrait la direction ? Y avait-il un risque que ces problèmes soient *contagieux et affectent la Meute de Griffin ? C'étaient de bonnes questions, mais cela n'expliquait pas pourquoi l'avocat de Théo l'appelait.*

Une porte claqua à l'autre bout de la ligne et il entendit la sonnerie d'un ascenseur.

— Pourquoi m'appelez-vous pour me dire ça ? demanda Griffin.

— Parce que quelqu'un dans votre Meute s'intéresse à Maeve Friedman.

La mention de son nom lui fit hausser les sourcils.

— Qu'est-ce qu'elle a à voir là-dedans ?

— C'est la fille de Théo Russel.

Il poussa un sifflement bas.

— Eh bien mince. J'aurais jamais deviné, même si je ne vois pas trop en quoi c'est un problème.

— Parce que, en dépit de toutes les précautions que nous avons prises, Antonio est au courant pour elle.

— Je ne vois toujours pas le problème. C'est une femme. Elle ne peut pas hériter de la Meute. Ou bien c'est parce que Russell n'a rien laissé à son neveu dans son testament ?

— C'est plutôt qu'elle a reçu quelque chose qu'elle n'était pas censée avoir, et Antonio ne s'arrêtera devant rien pour le récupérer.

Des pas résonnèrent sur du béton.

— Vous êtes en sous-sol ? demanda Griffin.

— Le parking. Je quitte la ville avant que ces brutes reviennent finir la besogne.

— Vous êtes en train de me dire qu'Antonio vous a attaqué ?

— Pas directement. Ce minable est trop lâche pour ça. Il y a une raison si personne ne le croit pour Théo. Il fait des coups bas. Il ne suit pas les vieilles traditions.

Ce qui voulait dire qu'il ne se battait pas avec ses crocs et ses griffes, mais avec des armes modernes.

— Il compte faire du mal à Maeve ?

— Je crois qu'il fera du mal à quiconque se dresse sur son chemin puisqu'il n'a pas réussi à prendre le contrôle de Patte d'Or.

— Vous pensez qu'il est à Ottawa ?

— Oui. Je le tiens de source sûre. Sa petite amie est en rogne contre lui et elle dit qu'il est déterminé à se trouver une place d'Alpha ailleurs.

— Et il pense qu'il a plus de chances ici ? renifla Griffin.

— D'après la rumeur, vous vous êtes fait tirer dessus récemment. Voyez ça comme une info sur le responsable possible. Mais ce n'est pas la raison pour laquelle j'appelle. Je n'ai pas respecté les souhaits de Théo quand il est mort. J'ai impliqué sa fille.

Bip-bip. L'ouverture d'une voiture : l'avocat était à l'intérieur de son véhicule.

— Qu'est-ce qu'elle sait sur son père ? Sur nous ? Vous l'avez avertie qu'elle pourrait être en danger ?

— Elle ne sait rien. Ce qui est dangereux, vu que j'ai ajouté quelque chose au colis que je lui ai envoyé. Je n'ai pas pu me résoudre à le détruire, comme Théo le voulait.

— Détruire quoi ?

Avant que l'avocat puisse répondre, une voix nasale intervint :

— Merci de confirmer que c'est bien elle qui l'a, mon vieux.

Griffin entendit un pop, et un autre, suivi d'un bruit sourd. La ligne resta silencieuse un moment jusqu'à ce qu'une autre voix hurle :

— Appelez une ambulance. On lui a tiré dessus !

Griffin avait raccroché, rassemblé tout ce qu'il avait appris et balancé ça à Dorian, son pirate informatique. Il avait mis Wendell dans le coup aussi pour voir ce qu'il en était des implications financières tant pour la Meute de la Patte D'or que pour Maeve.

En quelques heures, ils avaient confirmé le récit de l'avocat, en tout cas, ce qu'ils pouvaient.

Théo Russel était mort et son neveu s'en attribuait la cause, mais la Meute avait rejeté sa demande. Il avait refusé de s'en aller sans faire de bruit. Leur allié dans l'autre Meute leur avait parlé de menaces et d'intimidations. Non seulement l'avocat qui avait appelé Griffin avait été retrouvé mort, mais sa secrétaire aussi.

Ce que personne dans la Meute de la Patte d'Or ne semblait savoir ? Que Théo Russell avait une fille. D'après Wendell, papa Russell l'avait soutenue financièrement, tant quand elle était petite que pour ses études, mais il avait gardé cela secret. Si secret que quand les autorités déclareraient enfin la mort de

Théo Russel, son argent serait mis sur un *trust fund* pour la Meute de la Patte d'Or. Sa fille n'était pas mentionnée sur son testament. Pourtant, Dwayne, l'avocat, avait laissé entendre qu'il lui avait envoyé quelque chose. Quelque chose qui la mettait en danger.

Comme Maeve n'appartenait pas à une Meute, cela n'aurait normalement pas été le problème de Griffin. Cependant, Billy, grâce à ses connexions dans la police, leur avait appris que le type qui avait sauté de son coffre avait été identifié. Il appartenait à la Meute de la Patte d'Or et était connu pour faire partie du cercle d'Antonio. Ça changeait tout.

On attaquait sa ville. Sa Meute était menacée. Et qu'est-ce qu'il faisait ? Il jouait les baby-sitters pour une femme qui ne voulait rien avoir à faire avec lui.

Il se serait lui-même traité de dingue si une voiture ne s'était pas arrêtée le long du trottoir, promettant les ennuis.

CHAPITRE 9

Maeve se réveilla et il lui fallut un moment pour comprendre pourquoi. Perché sur sa table de nuit, son système de domotique affichait plein de couleurs. Il était en mode silencieux pour la nuit, mais il suivait tout de même les mouvements à l'extérieur. Elle s'assit, attrapa son téléphone et se connecta à la vidéo en ligne qui était prise par la caméra de la sonnette.

En dépit du grain de l'image nocturne, elle vit quatre personnes devant chez elle. Un homme de haute taille qui semblait être en conflit avec les trois autres.

Elle mit le son et essaya d'écouter ce qu'ils disaient, mais elle ne percevait pas les mots – jusqu'à ce que le ton monte.

— Tu aurais dû y passer, enfoiré.

L'un des trois hommes sur le trottoir leva soudain un pistolet.

Maeve plaqua une main devant sa bouche, réprimant un cri. Le grand type entra en mouvement et, d'un coup de pied circulaire, fit tomber l'arme de la main de son agresseur. Il continua à tourner tout en se penchant pour faire un croche-pied à un autre mec qui se retrouva les quatre fers en l'air. Le troisième s'élança, mais son coup de poing fut bloqué alors qu'il en prenait un dans la mâchoire.

Les deux premiers avancèrent à nouveau alors que le troisième reprenait ses esprits. Leur adversaire ne battit pas en retraite. Il bougeait à toute allure, ses poings volaient, ses pieds dansaient, ses mouvements étaient fluides, gracieux et efficaces.

Un homme contre trois. Un homme qu'elle connaissait. Et quand ce fut terminé, il était le seul toujours debout, bras croisés devant lui. Il grogna d'une voix forte :

— Dégagez de ma ville, parce que si je vous revois, vous êtes morts.

Les malfrats vaincus montèrent dans une voiture et décarrèrent en laissant derrière eux le grand type qui se tourna vers la maison, comme pour regarder tout droit la caméra.

Comme si Griffin savait qu'elle l'observait.

— Retourne te coucher, chérie, dit-il. Je te protège.

Le truc intelligent à faire aurait été d'appeler les flics. Peu importait qu'il ait sans doute évité une nouvelle effraction, il empiétait quand même sur sa vie privée.

Elle mit le téléphone dans la poche de sa robe de chambre, mais ne composa pas le numéro. Maeve aimait mener ses combats elle-même et elle n'avait pas peur de Griffin. C'était sans doute idiot de sa part, vu sa grâce sauvage et son intrépidité face à trois hommes armés, mais une certitude existait en elle qu'il ne lui ferait pas de mal.

Pleine d'adrénaline, elle descendit les escaliers et ouvrit la porte d'entrée en grand. Le perron était vide. Où était-il passé ?

Elle sortit, regarda à droite et à gauche et marmonna :

— Chelou.

Alors qu'elle tournait pour rentrer chez elle, une voix basse déclara :

— Tu me cherches ?

Elle faillit tomber à la renverse et fit volte-face pour se retrouver devant Griffin.

— Vous !

Elle pointa un doigt dans sa direction.

— Vous ne devriez pas être là !

— Tu ne devrais pas plutôt être en train de me remercier d'avoir dissuadé tes visiteurs nocturnes ?

— Comment suis-je censée savoir qu'ils en avaient après moi ? Et si c'est vous qu'ils suivaient ?

— Personne ne savait que j'étais là.

— Qu'est-ce que vous faites ici ? Je vous ai dit que je ne voulais rien avoir à faire avec vous.

— Et je t'ai dit que je te protégerais. De rien, au fait.

Elle marcha jusqu'à lui et dut pencher la tête en arrière pour croiser son regard.

— Ce n'est pas drôle, siffla-t-elle. Trouvez-vous un autre endroit pour vos petits jeux machos. Je suis médecin. J'ai besoin de sommeil.

— Ce n'est pas moi qui te prive de sommeil, chérie. Retourne te coucher. Je m'assurerai que personne ne perturbe ton repos.

— Comment je suis censée dormir en sachant que vous êtes en train de rôder devant chez moi ? s'exclama-t-elle en jetant ses mains en l'air de frustration.

— Je suppose que penser à moi peut distraire. Tu préfères que je me joigne à toi ? Je suis très doué pour les câlins. Mais il vaut mieux que je te prévienne : j'ai le sang chaud.

La bouche de Maeve forma un O avant qu'elle parvienne à balbutier :

— Pervers !

— Désolé de te décevoir, mais les trucs tordus ça ne m'intéresse pas. J'aime ça à l'ancienne. Mais avant que tu ailles t'imaginer que je suis égoïste au lit, je me dois d'ajouter que ce qui m'intéresse, c'est de donner.

Cela n'aurait pas dû la faire se sentir toute chose. Elle leva le menton.

— Ça ne m'intéresse pas. Maintenant, partez avant que j'appelle les flics.

— Pour leur dire quoi ? Que je me promenais tranquillement et que tu m'as interrompu ?

— Ha ! Je peux prouver que vous mentez. J'ai une vidéo de ce qui vient de se passer.

— Ah bon ? se moqua-t-il.

— Vous êtes impossible.

Elle se tourna pour partir, mais il se posta devant elle.

— Je ne voulais pas te frustrer.

— Vous êtes sûr ? Parce que vous faites ça très bien, grommela-t-elle.

— Plus pour très longtemps. Tu t'es retrouvée embarquée malgré toi dans quelque chose auquel tu n'aurais pas dû être mêlée.

— À cause de vous ?

— À cause de ton père.

Elle se figea à cette réplique, mais seulement pour une seconde.

— Ironique, étant donné que vous semblez le connaître mieux que moi.

— Je ne dirais pas que je le connais, mais nous nous sommes rencontrés à quelques reprises.

— Petites réunions entre patrons de la mafia. Charmant, rétorqua-t-elle, sarcastique.

Les lèvres de son interlocuteur frémirent.

— C'est une façon intéressante de voir ça. Et même si ce n'est pas tout à fait exact, ce n'est pas complètement faux non plus.

— Et vous recommencez. Vous avouez quelque

chose sans rien expliquer pour autant. Qu'est-ce que vous ne me dites pas ?

— On n'a plus le droit d'avoir de secrets ? demanda-t-il avec un petit sourire, et elle lutta contre son charme.

— Pas s'ils impliquent d'autres gens.

— Tous les secrets ne concernent-ils pas d'autres gens ? C'est pour ça qu'ils doivent rester secrets.

— Bien tenté. Et ce mensonge fonctionne sur votre femme ?

— C'est ta façon de demander si je suis célibataire ? Parce que je le suis. Jamais marié. Et même, jamais fiancé. Mais sois assurée que je suis un homme d'expérience, ronronna-t-il en se rapprochant.

Elle frémit. Ce n'était pas du tout la bonne réaction. C'était sûrement la faute au manque de sommeil et au réveil en pleine nuit. Elle réprima cette sensation en attaquant ses propos :

— Alors vous reconnaissez que vous êtes un coureur de jupons invétéré ?

Il sourit de plus belle.

— Je plaide coupable.

— Je ne compte pas coucher avec vous.

Il posa ses mains de chaque côté du chambranle, lui faisant prendre encore davantage conscience de sa taille. Elle n'était pas vraiment piégée, mais sa respiration accrocha quand il répliqua :

— Qui dit qu'on ferait ça à l'horizontale ?

— Vous êtes vraiment en train de me proposer du sexe ?

— Oui.

Plutôt que de le gifler et lui claquer la porte au nez, elle sentit les picotements se transformer en désir irrépressible. Sûrement parce que ça faisait des années qu'elle n'avait pas tiré son coup. Pourquoi fallait-il que son soudain éveil sexuel soit dû à lui ?

— Vous n'êtes pas mon genre.

— Dieu merci. Je préférerais crever plutôt que me transformer en connard en costume trois-pièces.

— Je trouve qu'un homme en costume, c'est très sexy.

Mais elle aurait menti en niant que Griffin dans son jean moulant, son tee-shirt ajusté et sa veste en jean ouverte était très attirant.

— C'est à poil que je suis le plus agréable à regarder.

Il lui fit un coup d'œil et, une fois de plus, elle sentit sa respiration accrocher.

Elle n'aurait pas dû flirter avec le mec qui la harcelait. Elle n'aurait pas non plus dû l'imaginer nu. Est-ce qu'il partirait si elle couchait avec lui ? Ou est-ce que ça ne ferait qu'empirer les choses ?

— Qu'est-ce que vous voulez de moi ? demanda-t-elle en le regardant dans les yeux.

Il soutint son regard et gronda d'une voix basse :

— Je veux t'entendre crier mon nom pendant que je te baise.

Son ventre s'embrasa. Elle avait envie de ce qu'il lui proposait.

Envie de lui.

Elle aurait dû se détourner. Après tout, elle n'était pas du genre à avoir des relations sans attaches. Ou des coups d'un soir. À presque quarante ans, elle ne s'était jamais lâchée ainsi.

Alors comment se retrouva-t-elle à agripper son tee-shirt et l'attirer à elle pour écraser sa bouche contre la sienne ? Une étreinte maladroite où leurs dents se cognèrent. Elle s'attendit à moitié à ce qu'il la repousse après s'être montrée si agressive.

Au lieu de ça, la passion explosa. Sa bouche, ferme contre la sienne, prit immédiatement le dessus, caressant ses lèvres pour les inciter à s'entrouvrir. Il la goûta, l'étreignit, et incendia tous ses sens.

Il passa un bras autour de sa taille et, sans détacher ses lèvres des siennes, il la fit passer à l'intérieur en donnant un coup de pied dans la porte pour la refermer. Le claquement sonore suffit presque à la sortir de sa transe.

Mais il saisit ses fesses à pleines mains tandis qu'il explorait sa bouche de sa langue et elle n'avait jamais eu autant envie de quelque chose de toute sa vie. Pourquoi refuser un coup d'un soir ? Une nuit de sexe. Ça ne voudrait rien dire. Il avait reconnu être un coureur de jupons. Il lui foutrait probablement la paix après ça.

Sa robe de chambre s'ouvrit aisément, et les mains

et la bouche de Griffin se trouvèrent sur elle. Il vint taquiner ses tétons de ses lèvres, aspirant pour les faire se dresser en petits pics. Ses mains pétrissaient sa chair. Et quand l'une d'elles se glissa entre ses cuisses pour la caresser, elle cambra les hanches.

Elle dos au mur, il se laissa tomber à genoux et fit passer une de ses jambes sur son épaule. Et puis il se mit à la lécher, écartant ses lèvres de sa langue avant de venir la faire passer rapidement sur son clitoris. Il lécha, aspira, et la pénétra de ses doigts jusqu'à ce qu'elle hurle et jouisse en enfonçant ses doigts dans ses épaules. Mais il n'avait pas fini. Il continua à la stimuler jusqu'à ce qu'elle sente les sensations revenir.

C'est là qu'il se leva et défit sa ceinture. Les yeux mi-clos, elle le regarda et tendit la main vers le sexe qui jaillit de son pantalon.

— Capote ? demanda-t-elle.

— Juste là, chérie.

Il sortit un petit paquet en alu de sa poche de derrière et elle le lui prit pour le dérouler sur sa verge. Elle le caressa, des grands mouvements amples. Elle voulait le sentir en elle.

Elle l'attira à elle et inclina la tête pour un baiser, tout en le masturbant. Il gémit contre sa bouche, attrapa sa cuisse et la souleva pour la bloquer contre son bassin. Il avait l'avantage de la taille et, avec sa force, il la porta sans problème. Elle guida le gland épais là où elle le voulait et il s'enfonça en elle.

Il la remplit, l'étira. Ses jambes enroulées autour de lui, ses doigts enfoncés dans la chair de ses fesses, elle le prit entièrement. Jusqu'au dernier centimètre.

Elle n'avait sans doute jamais fait ça debout, mais elle n'eut pas de souci à suivre son rythme. Et quand elle inclina la tête en arrière, incapable de continuer à se balancer, submergée par la passion, il continua à la faire coulisser sur lui, juste comme il fallait. Juste assez profond. Juste assez fort.

Elle jouit en sifflant :

— Oui, oui, oui !

Et elle enfonça ses ongles dans sa chair. Il gronda, se fit rigide, et son corps ploya alors qu'il trouvait son plaisir à son tour. Son érection qui pulsait en elle ne fit que prolonger l'orgasme de la jeune femme.

Quand elle se décrispa enfin, il l'avait portée jusque dans le salon pour s'asseoir sur le canapé. Elle était sur ses genoux, son sexe toujours en elle, et il recommença à l'embrasser.

Elle avait dû en avoir assez, là ?

Un nouvel orgasme lui prouva que non.

Elle s'endormit, blottie contre son torse.

Quand son réveil sonna, elle émergea d'un cocon de bras et de jambes.

C'était vraiment arrivé.

Elle s'extirpa de ce nid tiède malgré un grondement de protestation masculin. Elle l'ignora, éteignit le réveil et se précipita sous la douche. Alors qu'elle nettoyait son entrejambe gluant, elle se traita d'idiote finie. Il avait utilisé un préservatif mais ce n'était pas du cent pour cent. Elle avait couché avec un inconnu qui avait reconnu avoir des mœurs légères. Elle allait devoir se tester pour tout.

C'était le cadet de ses soucis. Elle allait surtout devoir sortir de cette salle de bain et faire face à…

Griffin entra dans la douche, grand, nu, charismatique. Toute protestation qu'elle aurait pu avoir mourut sur ses lèvres alors qu'il s'agenouillait devant elle pour lui dire bonjour sans paroles.

Elle remercia le mur de carrelage froid sans lequel elle se serait écroulée, car ses doigts glissaient sur sa peau mouillée tandis qu'elle jouissait sur sa langue. Et puis à nouveau avec son sexe.

Il grommela :

— Passe-moi le savon.

Elle le lui tendit et s'échappa en glapissant :

— Je vais être en retard au boulot.

Elle enfila une blouse propre et dévala les escaliers en nouant ses cheveux humides en chignon. En se précipitant dans la cuisine pour un café, elle remarqua le contenu de la boîte de son père répandu sur la table. Elle remit le tout à l'intérieur et passa au garage mettre ça dans son coffre. Elle mettrait ça au recyclage au travail.

Griffin entra dans la cuisine alors qu'elle finissait de verser du lait et du sucre dans sa tasse isotherme.

— Bonjour, chérie.

Il avait l'air plutôt à l'aise, avec juste une serviette autour de la taille. Ce qui attira son attention vers le V de son bassin. Ses abdos. Son…

— Où sont passées les blessures des balles ?

Voilà qu'elle voyait enfin correctement son torse et elle ne trouva que des marques rouges là où il aurait dû avoir de grosses croûtes.

— Je t'ai dit que je guérissais vite.

— C'est plus que vite.

Elle s'approcha, prête à le toucher, mais il intercepta sa main et en embrassa la paume.

— Laisse-moi te faire un vrai petit déjeuner.

— Je n'ai pas le temps. Je vais être en retard.

— Appelle pour dire que tu es malade.

Il la saisit par les fesses et la tira contre lui. Contre son érection.

Il avait de nouveau envie d'elle. Bizarrement, à la lumière du jour, ça la fit rougir. Elle le repoussa en marmonnant :

— Il faut que j'y aille.

— Tu ne sais pas ce que tu perds, chérie.

La dernière chose qu'elle vit en faisant marche arrière fut l'homme qui venait de renverser tout son monde, debout sur le proche, toujours couvert d'une simple serviette, en train de boire son café avec un sourire satisfait.

Un homme qu'elle connaissait à peine, chez elle. Complètement dingue. Qu'est-ce que ça disait d'elle ?

Qu'elle réfléchisse sérieusement à faire demi-tour et à prendre sa journée ? Apparemment, elle ne comprenait pas trop comment c'était censé marcher, un coup d'un soir.

CHAPITRE 10

Le sourire de Griffin disparut alors que Maeve s'éloignait. Le besoin de la suivre lui serrait le ventre. Tout irait bien – c'était un mensonge qu'il se racontait. La confrontation de la veille avait prouvé le danger qu'elle courait. Griffin avait peut-être repoussé ces brutes, mais ça ne voulait pas dire qu'ils écouteraient son avertissement. Il était plus que probable qu'ils reviennent, parce qu'ils voulaient obtenir quelque chose de sa chérie.

Oui, *la sienne*. Il y avait goûté une fois, et voilà que son monde s'était renversé. Il l'aimait, putain. Et l'amour pour un Lycan n'était pas juste une émotion mais une réaction chimique. Il n'y aurait plus d'autre femme pour lui. Ce qui voulait dire qu'il avait intérêt à la protéger.

Alors qu'elle tournait à l'angle, il rentra à nouveau dans la maison, à la recherche de ses vêtements. Leur passion avait littéralement explosé. Ils étaient en train de s'engueuler, et la seconde d'après, voilà qu'elle l'embrassait et qu'il trouvait en elle le goût de l'ambroisie qu'il avait cherché toute sa vie.

Il fallait qu'il la protège. Cela commençait par faire le tour de son habitation à la recherche de points faibles dans sa sécurité. Il y avait trop de fenêtres et celles du haut n'étaient pas sûres, comme il était bien placé pour le savoir. Une porte devant et une porte coulissante qui donnait sur le jardin, plus celle du garage d'où on accédait à la cuisine. Cela prendrait quelques jours d'installer un système d'alarme correct. Si elle acceptait.

Une nuit de super sexe ne l'avait pas complètement adoucie. Elle avait fondu pour lui dans la douche, mais elle s'était enfuie dès qu'elle l'avait pu. S'attendait-elle à ce qu'il passe la journée chez elle ? Souhaitait-elle qu'il soit parti avant qu'elle rentre du travail ? Ils n'avaient parlé de rien.

Argh. L'amour lui retournait déjà la tête.

Peut-être qu'il devrait un peu moins s'accrocher et la laisser dormir seule ce soir. Mais alors, qui la surveillerait ?

Il sortit par le garage, où il n'y avait pas besoin de code pour fermer la porte, et jeta un coup d'œil à sa gauche, vers le signe *À vendre* à deux maisons de là. En y mettant un peu de travail, ça ferait un investissement correct, et ce serait une super base d'où garder un œil sur Maeve, vu qu'elle était loin d'être prête à ce qu'il emménage avec elle. Ce n'était pas juste qu'ils venaient à peine de se rencontrer. Il aurait du mal à faire marcher Maeve qui était une femme intelligente et observatrice. Il allait devoir trouver un moyen de lui cacher sa lycanthropie.

Certains Lycans mettaient leurs partenaires au courant, mais une bonne portion d'entre eux préféraient ne pas en parler à quiconque ne faisait pas partie d'une Meute, parce qu'être au courant pouvait causer des problèmes qui requéraient des mesures tout sauf agréables. Il y avait eu plus d'une ex en colère qui avait essayé de dénoncer son petit ami. Heureusement, personne n'écoutait les toxicos – la solution la plus rapide pour discréditer quelqu'un. Quand c'était nécessaire, des mesures plus permanentes étaient prises.

Heureusement, Griffin n'avait eu à gérer cela qu'une seule fois depuis qu'il était devenu l'Alpha de la Meute Byward.

Comment Maeve réagirait-elle si elle découvrait son côté loup ? Il espérait ne jamais le savoir. Son père n'avait plus jamais été le même après avoir perdu sa femme. Pendant six mois, ils avaient essayé de la sauver. Six mois où elle hurlait « Monstre ! » chaque fois que l'homme avec qui elle était mariée depuis dix-sept ans entrait dans la pièce. Six mois à regarder Griffin avec horreur même s'il n'avait pas encore été changé. Sa propre mère avait été dégoûtée par son existence. Les policiers avaient déclaré sa mort accidentelle, conduite en état d'ivresse, mais

Griffin savait ce qu'il en était. C'était sa faute. Cela expliquait probablement pourquoi la plupart de ses relations n'étaient que des histoires de sexe.

Mais tout semblait différent avec Maeve. La connexion instantanée. Le besoin de la voir, d'être avec elle. C'était pire maintenant qu'ils avaient couché ensemble.

Cela faisait vingt minutes qu'elle était partie. Était-elle arrivée à son travail sans encombre ? En dépit de son allure rapide alors qu'il marchait jusqu'à la boutique, il sortit son téléphone et appela.

— Comment tu as eu ce numéro ? demanda-t-elle en décrochant.

— Eh, chérie. Je voulais te demander ce que tu voulais pour dîner.

Il se la jouait nonchalant, il ne voulait pas reconnaître qu'il avait besoin de se rassurer. Il entendit un interphone appeler un médecin en arrière-plan. Elle était arrivée au travail.

— Je ne sais pas à quelle heure je finis.

Ce n'était pas tout à fait un rejet, mais c'était une façon délicate de le repousser. Il sourit. Il s'était douté qu'elle ne lui faciliterait pas les choses.

— Je vais prendre un truc qui se réchauffe facilement alors. Des allergies ?

— Qu'est-ce que tu fais ? Pourquoi tu te comportes comme si on sortait ensemble tout à coup ?

— C'est pas le cas ?

— On a baisé. Rien d'exceptionnel.

— Je ne suis pas d'accord. Ce qu'on a partagé, c'était plus que du sexe de bonne qualité.

Il dit ça d'une voix légère et pourtant il sentit son agacement monter alors qu'elle minimisait ce qu'il y avait entre eux.

— Peut-être pour toi. C'était juste pour un soir de mon côté.

Un rejet franc et direct. Ce n'était pas censé arriver.

— Nous pourrons en parler ce soir.

— Non. Il n'y a pas de nous qui tient.

Elle raccrocha avant qu'il puisse répondre.

Elle pouvait bien l'éviter ce soir. Il lui donnerait assez de temps pour qu'il commence à lui manquer pendant qu'il s'occupait du danger qui la menaçait.

La boutique n'avait pas encore ouvert et il entra par-derrière et monta droit à son appartement. Il avait quelques appels à passer, à commencer par Wendell.

— Avertissement. J'appelle les cousins de la campagne.

C'était ainsi qu'il appelait le petit groupe d'hommes qui s'occupait de la partie agricole de son business dans le Nord-Ontario. Ils n'étaient pas tous du même sang, mais ils avaient une chose en commun : ils pouvaient tous tracer leur origine jusqu'au premier Lycan Lanark, qui les avait transformés.

— Pourquoi est-ce qu'on aurait besoin de ces abrutis consanguins ? grommela Wendell.

Son aîné avait eu à faire une fois aux cousins de la campagne. Wendell et Bernard, qui était plus comme un oncle pour Griffin à cause de son âge, avaient un passif : ils étaient sortis ensemble pendant un temps, et leur rupture avait été causée par une grossesse. Bernard avait mis enceinte une serveuse d'un bar du coin, une trahison que Wendell ne lui avait jamais pardonnée. Cela datait d'un moment, mais la tension n'avait pas disparu.

— J'ai besoin d'eux parce qu'ils sont doués pour traquer quelqu'un.

— À la campagne. Ce n'est pas pareil en ville, fit remarquer Wendell. On peut trouver la personne nous-mêmes.

— Et tu t'en débarrasseras aussi ?

La question fit taire Wendell. Il y avait une raison pour laquelle certains pouvaient être un Alpha, et d'autres seulement des bêtas. Un Alpha aurait fait n'importe quoi, même tuer, pour protéger, alors que la plupart des bêtas trouveraient des excuses et essaieraient de pardonner, ce qui causait encore plus d'ennuis.

Griffin avait une super Meute. Des types bien qu'il n'avait pas choisis au hasard pour être ses frères. Mais nombre d'entre eux étaient nés à une nouvelle ère où on ne dirigeait plus à la force du poing. Cela ne les rendait pas mous, mais cela voulait dire qu'ils avaient besoin d'une aide extérieure quand ils étaient confrontés à une situation réellement violente.

— Tu veux bien m'expliquer pourquoi on en est à envisager des mesures drastiques ? demanda Wendell.

— J'ai vraiment besoin de te l'expliquer ? rétorqua-t-il sèchement avant de récapituler. Voyons voir, un sale crétin d'une autre ville a tué son Alpha, ainsi que son avocat et sa secrétaire. Cet enfoiré et son gang sont désormais dans notre ville et ils m'ont déjà tiré dessus une fois. Ils ont réessayé hier soir.

Il ne mentionna pas qu'il avait mis en échec leur plan de s'en prendre à Maeve.

— Attends, tu es retombé sur eux ?

— Oui. Ils étaient trois, et l'un d'eux avait un flingue.

— Utiliser des armes, c'est une insulte, grommela Wendell.

— Je suis d'accord, et on ne peut pas les laisser continuer à faire n'importe quoi. Il faut les arrêter.

— Je ne vois pas pourquoi on demanderait une aide extérieure alors qu'on leur est supérieur en nombre.

— Pour l'instant. Un crétin sans honneur comme Antonio ne se sent peut-être pas obligé de contrôler ses morsures. Et s'il se lance dans une grande campagne pour transformer d'autres gars ?

Normalement, les Lycans contrôlaient avec

précaution le nombre de personnes qu'ils transformaient, conscient qu'ils devaient maintenir un équilibre fragile pour être suffisamment nombreux pour ne pas s'éteindre, mais pas trop pour ne pas attirer l'attention.

Wendell soupira.

— C'est une possibilité, effectivement, vu que c'est ce qu'il faisait à Toronto.

— Quoi ?

— J'essaie d'en avoir confirmation, mais Théo l'a peut-être surpris à produire des Lycans non-autorisés.

Seuls les Alphas choisissaient qui rejoignait la Meute – et les critères variaient suivant qui se chargeait du choix – mais ils faisaient en sorte de rester sur des nombres contrôlables. Dans un endroit comme Ottawa, Griffin, tout comme son prédécesseur, était parti sur la douzaine du boulanger : douze plus lui – même s'il lui restait à remplacer deux Lycans qui étaient partis vers des pâtures nocturnes. Il était bien compris qu'ils ne pouvaient pas juste mordre des gens n'importe comment. D'abord, tout le monde n'était pas capable de supporter le virus lycanthropique. Certains en mouraient. D'autres étaient rendus fous par la douleur de la première métamorphose. Et dans certains cas, rien ne se passait, car la morsure n'agissait pas.

Il n'y avait qu'ainsi qu'on pouvait faire de quelqu'un un Lycan, et ce n'était pas facile, quoi qu'en disent les films. Seuls les hommes pouvaient être transformés. Mordre une femme ne faisait rien. Et on pouvait oublier la lycanthropie par naissance. Les grossesses se terminaient toujours par la mort de la femme et son fœtus. Ceux qui voulaient que leur lignée se poursuive faisaient des bébés avant d'être transformés, et ils étaient tous stérilisés une fois qu'ils entraient dans la Meute pour éviter les accidents.

Sauf Griffin. S'être fait traiter de monstre par sa propre mère, la femme qui l'avait bercé, l'avait serré dans ses bras et déclaré qu'il était la meilleure chose qui lui soit jamais arrivée, cela avait changé quelque chose en lui. Il avait refusé d'avoir des enfants avant sa conversion, parce qu'il ne voulait pas qu'ils ressentent jamais cela : être haï de quelqu'un qu'ils aimaient tant. Son père avait essayé de le faire changer d'avis, avait attendu avant de lui donner la morsure, avait insisté et plaidé sa cause. Ce n'est que quand Griffin lui avait montré la preuve qu'il s'était fait faire une vasectomie qu'il avait changé d'avis.

Il espérait que son impossibilité de devenir père ne serait pas un problème pour Maeve. Il en savait si peu sur elle. Et elle en saurait encore moins sur lui. Alors il avait intérêt à s'assurer que ce qu'elle découvrirait soit les bons côtés.

— Oh, une dernière chose avant que je raccroche pour appeler les cousins. On achète une maison, annonça Griffin.

— Il y a un problème avec ton appartement ?

— Non. Je t'enverrai l'adresse de celle que je veux.

— Quand est-ce que tu comptes déménager ?

— Je ne déménage pas. Mais je veux que quelqu'un de la Meute aille y vivre et garde un œil sur une des maisons du quartier.

— Ça a quelque chose à voir avec cette toubib chez qui tu as passé la nuit ?

— Si je dis oui, tu la fermes et tu t'en occupes ?

Wendell marqua une pause.

— Oui, Alpha.

— Merci, Wendell. Je t'en suis reconnaissant.

— Sois prudent.

— La prudence, c'est le contraire du fun.

CHAPITRE 11

Toute la journée, entre deux patients, Maeve pensa à Griffin. La façon dingue dont elle s'était jetée sur lui. Le plaisir qu'il lui avait donné. Le coup de fil. Son assurance quant au fait qu'il la reverrait. La façon dont elle lui avait fait comprendre que cette nuit ne signifiait rien. Ou du moins, n'aurait rien dû signifier. Un coup d'un soir, ce n'était pas censé être compliqué, alors pourquoi regrettait-elle d'avoir refusé son invitation à dîner ?

C'était pour le mieux. Un homme comme lui ? Pas son genre. Bon, peut-être physiquement, oui, – apparemment, elle appréciait vraiment son corps grand et musclé – mais le reste, le fait qu'il possède une boutique qui vendait du cannabis et qu'il semblait faire partie d'un gang ? Ce n'était pas son monde.

Après le travail, elle avait espéré pouvoir passer la soirée avec Brandy plutôt que de rentrer chez elle toute seule, mais sa meilleure amie avait un rendez-vous.

— Avec qui ? demanda-t-elle quand Brandy lui dit qu'elle ne pouvait pas se faire de soirée entre filles.

— Un garçon mignon que j'ai rencontré dans un café. On a flirté, on a échangé nos numéros et on va voir un film.

— Oh. C'est super.

Maeve essaya de se sentir heureuse pour elle, mais c'était difficile alors qu'elle savait qu'elle rentrait dans une maison vide avec un plat surgelé et son anxiété pour seule compagnie.

Elle s'attendait à moitié à trouver Griffin sur le parking en train de l'attendre, mais bon, pourquoi aurait-il fait ça ? Elle lui avait dit qu'elle travaillerait tard, mais au final on l'avait renvoyée chez elle plus tôt à cause d'une odeur non identifiée dans la section des urgences. Ils avaient fait partir les gens pendant qu'ils menaient l'enquête.

Elle prit le chemin de chez elle en se mordillant la lèvre inférieure. Peut-être qu'elle était allée trop vite en besogne en refusant la proposition de Griffin. Après tout, une amourette, ce n'était pas forcément une seule nuit. Et si elle se montrait encore plus franche, elle s'était sentie en sécurité en dormant dans ses bras. Plus en sécurité qu'elle ne l'avait été depuis la nuit de l'effraction. Peut-être qu'elle n'aurait pas dû tant insister pour le repousser.

Elle jeta un coup d'œil à son sac à main, où se trouvait son téléphone, en se demandant si elle devrait appeler. Au lieu de cela, elle tourna avant sa rue et fit un créneau devant Lanark Leaf, la boutique de cannabis. Il lui fallut prendre quelques inspirations pour trouver le courage de sortir de sa voiture. Et encore quelques autres avant de marcher jusqu'à la boutique.

Qu'est-ce que je suis en train de faire ? Est-ce qu'elle aurait l'air désespérée ? Mais bon, c'était lui qui avait appelé pour la revoir. Elle faillit presque se convaincre que c'était une idée idiote, mais elle prit son courage à deux mains et entra dans la boutique. Le type derrière le comptoir leva la tête à cause de la clochette électronique. Il était au milieu de la vingtaine, les cheveux en broussailles, et portait un tee-shirt délavé qui pendait au-dessus de son jean.

— Bienvenue chez Lanark Leaf. Que puis-je faire pour vous ?

On sentait la formule toute faite. Elle joignit les mains pour se calmer et lâcha :

— Heu, est-ce que Griffin est là ?

— Qui le demande ?

— Le Dr Friedman. Je veux dire, Maeve, heu, il m'a dit de venir le chercher ici ?

— Il n'est pas là pour le moment. Mais si vous me laissez votre nom et votre numéro, je lui dirai que vous êtes passée.

Le jeune homme la dévisagea des pieds à la tête, et elle se sentit mal à l'aise.

— Vous savez quand il reviendra ?

Elle aurait dû lui envoyer un texto avant de venir.

— Non, et ça ne vous regarde pas.

Elle le prit mal.

— Vous êtes toujours aussi malpoli ?

— Vous êtes toujours aussi collante ?

L'insulte lui coupa le souffle et elle sentit ses joues s'embraser.

— Je vois que j'ai fait une erreur en venant ici.

— Sans blague.

Elle se sentit brûler d'humiliation. Penser que... non, elle n'avait pensé à rien. Elle avait agi par désespoir, esseulement et frustration sexuelle.

Elle prit la fuite plutôt que d'essuyer davantage d'insultes. Elle s'arrêta à une épicerie à deux rues de là avant de rentrer chez elle, pas juste pour acheter du pain, du fromage et de la charcuterie, mais aussi pour prendre une bouteille de vin. Elle avait besoin de nourriture réconfortante et d'un truc à boire. Seulement alors, elle prit le chemin de chez elle. Elle rentra au garage et sortit aussitôt de voiture en tenant le sac de courses d'une main, tandis qu'elle appuyait sur le bouton de fermeture de l'autre. Pour une fois, elle ne s'embêta pas à attendre que la porte descende complètement avant de rentrer.

Les mains tremblantes de rage, et de honte, elle déboucha le merlot. À quoi est-ce qu'elle pensait, pour se jeter aux pieds de Griffin comme ça ? Elle ne devait pas être la première, vu la façon dont ce type l'avait traitée. Elle descendit le vin et s'en servit un second verre avant de déballer son dîner. Elle se ferait un plateau de charcuterie et regarderait quelque chose à la...

Clang.

Le bruit lui fit vivement tourner la tête vers la porte du garage. Avait-elle entendu un truc ? C'était probablement de la paranoïa. Elle avait refermé la porte du garage. *Mais je ne l'ai pas regardée descendre jusqu'en bas.* Quel risque y avait-il que quelqu'un se soit glissé à l'intérieur ?

Elle se dit qu'elle était idiote mais passa quand même la tête dans le garage. Elle cligna des yeux en voyant la porte béante. Le rouleau n'était pas descendu. Elle appuya sur le bouton et la porte commença à descendre avant de s'arrêter aux trois quarts et de remonter. Quelque chose perturbait le capteur. Elle contourna sa voiture pour voir toute l'ouverture et trouva le coupable. Il y avait une branche en travers du seuil. Comment était-elle arrivée là ? Peut-être qu'elle avait été soufflée là par le vent au moment où elle se garait.

Les nerfs à vif, elle alla la ramasser. Elle distingua à peine le geste du coin de l'œil. Avant qu'elle puisse se retourner complètement, une main se referma dans ses cheveux.

— Aïe ! glapit-elle en agrippant le poignet de la

personne qui lui faisait mal.

— Où tu l'as mis ?

La demande, d'une voix basse et menaçante, la fit hoqueter.

— Laissez-moi tranquille.

— Pas tant que tu ne me l'auras pas donné.

C'était forcément le satané carton qu'il lui demandait. S'il le voulait, il n'avait qu'à le prendre.

— C'est dans le coffre.

Elle n'avait pas trouvé le temps de s'en débarrasser. Ou peut-être qu'elle n'avait pas eu le cœur de détruire les seuls objets qui lui venaient de son père.

— Ouvre-le.

Une bourrade l'envoya voler contre le pare-chocs. Elle ne verrouillait pas sa voiture quand elle était au garage. Elle tira sur la poignée et le haillon s'ouvrit pour révéler une besace où elle gardait des vêtements de rechange au cas où elle en aurait besoin à l'hôpital, et tout un sac de matériel médical. Et rien d'autre.

Pas de carton.

Son agresseur s'en rendit compte en même temps qu'elle.

— Où il est ?

— Je n'en sais rien, souffla-t-elle. Il était là, ce matin.

— Tu mens, salope !

Elle aurait pu être offensée par l'insulte, mais toute pensée fut annihilée par le poing qu'elle se prit en plein visage, et elle s'évanouit.

CHAPITRE 12

Après une journée passée au téléphone et sur l'ordinateur à essayer de localiser Antonio et son équipe et à n'en récolter que frustration, Griffin passa sous la douche avec soulagement. D'après l'emploi du temps que Dorian avait réussi à récupérer sur le réseau de l'hôpital, il lui restait encore au moins une heure avant que Maeve sorte du travail. Davantage si elle faisait des heures sup.

Il comptait aller l'attendre sur le parking avant qu'elle finisse son service. Elle avait peut-être refusé de dîner avec lui, mais cela ne voulait pas dire qu'il la laisserait seule et sans protection. On ne pouvait pas être trop prudent alors que le gang d'Antonio était dans la nature.

Avec ça à l'esprit, il ne voulait pas se mettre en retard. Il finit de s'habiller, jeta un coup d'œil aux écrans de sécurité en passant sa chemise dans son pantalon. La porte se refermait sur une cliente, une femme aux longs cheveux sombres qui lui rappelaient ceux de Maeve. Mince, il l'avait vraiment dans la peau.

Ces pensées cédèrent la place à l'agacement quand il remarqua que Lonnie était sur son téléphone.

Encore.

Quel glandeur. Il lui avait dit de laisser tomber son téléphone pendant qu'il travaillait. Il n'aurait jamais dû accepter ce type isolé quand il s'était pointé quelques mois auparavant à la recherche d'une Meute. Lonnie l'avait supplié en lui racontant une histoire à faire pleurer dans les chaumières comme quoi sa précédente Meute l'avait jeté à cause d'une fille. À l'époque, Griffin s'était senti mal pour le jeune homme. Il n'avait pas eu une vie facile. Il avait juste besoin d'une nouvelle chance. Mais depuis qu'il l'avait accepté dans la Meute, Griffin en était venu à réaliser qu'il n'aimait pas beaucoup Lonnie. Non seulement il était ultraflemmard, mais certains de ces gars disaient qu'il y avait un truc qui déconnait chez lui. Il était peut-être temps de se débarrasser de lui.

Griffin descendit les escaliers pour lui donner un nouvel avertissement. Il entra dans la pièce et s'arrêta net en sentant son odeur. Le parfum distinctif de la jeune femme lui fit lever la tête et il pivota sur lui-même pour la chercher dans le moindre recoin.

— Où est-elle ? demanda-t-il à Lonnie, vu qu'il n'y avait personne d'autre dans la boutique.

— Qui ça ?

Lonnie ne se redressa même pas. L'irrespect de sa posture faillit lui coûter ses dents.

— Où est Maeve ? Pourquoi tu ne m'as pas appelé pour me dire qu'elle était ici ?

Il était évident qu'elle était venue pour le voir, car il doutait franchement qu'elle soit venue chercher une nouvelle vapoteuse alors qu'elle n'avait presque pas touché à celle qu'elle avait déjà.

— Je ne sais pas de quoi tu parles.

Il étrécit son regard en contemplant Lonnie.

— Pourquoi tu me mens ? Je sens son odeur. Elle était là. Et il n'y a pas longtemps.

Il repensa à la femme qu'il venait de voir quitter la boutique. Il l'avait tout juste manquée.

Le jeune homme eut enfin l'air de s'en faire un peu.

— Oh, tu veux dire la fille qui vient de passer ? Je l'ai renvoyée.

— Tu as fait quoi ? gronda-t-il.

— C'était pour te rendre service. Je me suis dit que c'était une pouffe…

Le poing de Griffin percuta la mâchoire de Lonnie avant qu'il ait fini de parler. Le jeune homme vola contre le mur.

— Qu'est-ce tu fous ? gémit-il.

— Surveille ce que tu dis quand tu parles de Maeve.

Lonnie se frotta la mâchoire en le regardant d'un air de reproche.

— Je ne savais pas que c'était ta copine.

— Peu importe qui elle est. Quelqu'un vient et demande à me voir, tu m'appelles, putain. Tu ne leur dis pas de se barrer.

— Bon, ben maintenant je saurais, rétorqua Lonnie.

Cette attitude ne fit qu'énerver davantage Griffin.

— Sale petit con insolent. J'ai eu ma dose. Tu dégages.

— Tu peux pas me virer comme ça.

— Je peux faire ce que je veux, pauvre type. Et j'en ai marre de toi. Alors, considère que tu ne fais plus partie de cette Meute.

— Tu me fous dehors ? demanda Lonnie dont la mâchoire se décrocha. À cause d'une putain de gonzesse !

— Pas juste n'importe quelle gonzesse. *Ma* gonzesse. Je te jure, si tu m'as causé des soucis avec elle…

Il ne voyait qu'une seule raison pour laquelle elle se serait pointée ici. Elle voulait le voir.

Tant mieux. Parce qu'il avait envie de la voir. Mais d'abord, il récupéra ses clés auprès d'un Lonnie de fort mauvaise composition, en ignorant ses menaces à base de « tu le regretteras » et il ferma la boutique.

Il passa ensuite derrière mais le bureau était vide, alors il envoya un SMS à Dorian pour lui dire de lui retirer tous ses accès électroniques, ce qui résulta en un court échange, peu de mots pour en dire beaucoup :

Griffin : J'ai viré Lonnie.

Dorian : Il était temps.

Griffin : Retire-lui tous ses accès.

Dorian : C'est fait.

Griffin : Je vais chez Maeve.

Dorian : À demain.

Il espérait qu'elle n'était pas en colère contre lui. Qu'est-ce qui avait pris Lonnie de la foutre dehors ?

Quand Griffin sortit enfin, une vingtaine de minutes s'était écoulée. Il ne prit pas la voiture alors qu'elle vivait si près. Les mains dans les poches de sa veste, il marcha jusqu'à chez elle en passant devant l'épicerie avant de tourner dans une ruelle en guise de raccourci. Il s'arrêta presque acheter à manger et des fleurs, mais quelque chose le poussa à se rendre chez elle sans perdre de temps. Il était du genre à faire confiance à son instinct et n'essaya pas d'aller contre.

Quand il arriva chez elle, il n'y avait pas de lumière en dépit du ciel qui s'assombrissait. Peut-être qu'elle n'était pas rentrée tout de suite après avoir quitté sa boutique. Son garage n'avait pas de fenêtre, alors il ne pouvait pas vérifier si sa voiture était là, mais une odeur de pot d'échappement s'attardait sur les lieux, comme si un véhicule y était passé récemment. Bizarre, cependant, cette branche sur le bitume. Elle avait dû tomber après qu'elle se soit garée, sinon les roues de la voiture l'auraient écrasée.

Il frappa fermement à la porte. Pas de réponse. Il fit un pas en arrière pour voir la maison. La barrière en contreplaqué sur la fenêtre du salon l'empêchait de voir à l'intérieur.

Zut.

Un bruit infime lui indiqua que quelqu'un se déplaçait à l'intérieur. Ses poils se dressèrent sur son corps : quelque chose n'allait pas.

Il doutait franchement que Maeve soit à l'intérieur et décida de l'ignorer. Elle ne lui paraissait pas du genre à le ghoster.

Il frappa à nouveau.

— Maeve, chérie, tu es là ?

Il s'interrompit pour écouter, pas juste avec ses oreilles. Ce craquement dans l'escalier. Quelqu'un était en train de monter. Il fit semblant de s'en aller lentement. Il s'interrompit et jeta un coup d'œil vers la maison. La personne qui l'observait depuis la fenêtre de l'étage recula si vivement que le rideau bougea.

Il avait le sentiment que ce n'était pas sa chérie. Il s'éloigna de la maison, en prenant un air dégagé, et il dut aller plus loin qu'il ne l'aurait souhaité avant de pouvoir faire demi-tour. Il était toujours facile de rentrer dans la maison à vendre, et il se fraya rapidement un chemin à l'étage, vers la fenêtre qu'il avait déjà utilisée.

Le crépuscule permit à son déplacement de toit en toit jusqu'à la maison de Maeve de rester discret. La fenêtre de sa chambre n'était toujours pas fermée.

Il entra silencieusement et se retrouva submergé par son odeur. À pas prudents, il gagna la porte puis l'escalier. Il évita la marche qui grinçait. Il se raidit de colère en entendant une voix masculine qui semblait menaçante. Avant d'agir, il envoya un SMS rapide pour mettre certains de ses gars au courant de ce qui se passait. Et puis il se rapprocha.

— Pas de chevalier en armure pour venir te sauver, Miss. Ton copain est parti, et le temps qu'il revienne, on en aura fini avec notre petite conversation.

— Je vous ai dit que je ne savais pas où il était. Quelqu'un a dû le voler dans mon coffre pendant que j'étais au travail ou à l'épicerie.

Entendre sa voix ne fit rien pour apaiser la colère de Griffin. Au contraire, cela ne fit que la renforcer. Qui osait la menacer ?

— Je suis sûr que tu vas t'en souvenir si on commence à jouer avec des trucs qui coupent. Difficile d'être médecin sans doigts.

Une menace ponctuée par le bruit d'un couteau sorti de son support.

— Qu'est-ce qu'il y a de si important dans ce carton ? C'est juste des photos, de vieilles photos.

— J'en sais rien. Je m'en fiche, tout ce qui m'importe, c'est que quelqu'un me paie mille balles pour que je le lui ramène.

— Je peux vous donner le double si vous me laissez tranquille.

— Mettons plutôt dix milles, ou je commence à couper.

Griffin en avait assez entendu. Il se montra, et le type massif qui était penché au-dessus de Maeve avec un couteau à viande leva les yeux vers lui.

— Eh bien, eh bien, regarde qui est revenu. Je croyais qu'il n'avait pas la clé.

Le type avait une forte odeur corporelle. Il pinça violemment le menton de Maeve.

— Il ne l'a pas, marmonna-t-elle. Je ne sais pas comment il est entré.

— Pourquoi tu ne t'en prends pas à quelqu'un de ta taille, espèce de lâche, provoqua Griffin en entrant pour de bon dans la cuisine.

Il se mit de côté, forçant l'homme à se tourner pour le garder dans son champ de vision. Il avait le crâne rasé et Griffin ne le reconnut pas. Il était grand et costaud, tatoué, l'air méchant. Mais ce n'était pas un loup.

— Je suis surpris que tu sois déjà sorti de l'hosto. J'aurais pu jurer t'avoir tiré dans le cœur.

Cet idiot – qui, avec un peu de chance, ne s'était pas reproduit – venait d'avouer être l'un des tireurs.

— On dirait que tu ne sais pas viser, déclara

Griffin en faisant de son mieux pour ne pas fixer Maeve, mais s'autoriser juste un petit regard rapide.

La colère bouillonna sous la surface quand il avisa sa lèvre gonflée et le bleu qui se formait déjà sur sa joue. Le malfrat l'avait ligotée à une chaise.

— C'est parce que les flingues, c'est pas mon truc. Alors que les couteaux… J'ai toujours aimé la gravure.

Il saisit Maeve par les cheveux et tira sa tête en arrière avant de placer la lame contre sa chair.

Elle ne broncha pas, mais son odeur se fit plus piquante, teintée de peur. Griffin dut faire appel à toute sa volonté pour ne pas agir. Le moindre mot de travers, le moindre muscle bandé, et elle risquait de se faire égorger. Il fallait qu'il parvienne à distraire le type. Le séparer de sa chérie.

— Qui t'a embauché ? demanda Griffin.

— Ça n'a pas d'importance.

— Je suis étonné que tu aies encore du boulot, vu comment tu t'es planté en essayant de me tuer.

Le malfrat n'apprécia pas l'insulte et fit pression sur sa lame jusqu'à ce qu'une goutte de sang perle contre le cou de Maeve.

— Alors je ferais bien de m'assurer que tu es bien mort cette fois-ci. Peut-être que je ramènerai ta tête au boss.

— Tue-moi, et tu ne trouveras jamais le paquet, tenta-t-il au pif, en essayant de deviner pourquoi ce futur cadavre s'en prenait à Maeve.

Voilà qui lui valut l'attention du gars.

— Où est-ce qu'il est ?

— Je ne te dis rien tant que tu n'auras pas lâché Maeve.

— Dis-moi où il est !

Le malfrat retira le couteau de sa chair pour l'agiter dans la direction de Griffin. Ce n'était pas idéal.

Avant que Griffin puisse agir, Maeve le fit !

Ses bras étaient peut-être liés, mais pas ses jambes, et elle fit un mouvement de ciseaux pour les enrouler autour de son agresseur. Le mouvement fut vif et suffisamment surprenant pour lui faire perdre l'équilibre. Griffin n'était pas du genre à laisser passer un avantage, et il se précipita. Quelques bons coups de poing dans la tête de cet enfoiré, et ses yeux se révulsèrent. Il aurait voulu frapper davantage, mais Maeve le regardait.

Il laissa tomber le corps inanimé au sol et se tourna vers Maeve. Elle faisait de son mieux pour se libérer du scotch qui la ligotait en s'agitant.

— Ne bouge pas, je vais couper ça.

Il ramassa le couteau par terre et défit ses liens avec précaution.

— Comment tu es entré ? demanda-t-elle plutôt que de le remercier de l'avoir sauvée.

Il s'interrompit pour la regarder.

— C'est ça qui est important ?

— Oui, étant donné que tu n'avais aucun moyen

de savoir que j'étais en danger et que je ne t'ai pas entendu enfoncer la porte.

— Disons juste que j'ai agi par instinct.

Il finit de trancher le scotch et fit un pas en arrière tandis qu'elle bougeait ses bras pour forcer les liens à se relâcher avant de les décoller.

— Ton instinct te conduit souvent à entrer par effraction chez les gens ? rétorqua-t-elle, acide.

— C'était une bonne chose cette fois-ci, tu ne trouves pas ?

Et puis, comme il savait qu'elle l'attaquait parce qu'elle avait eu peur, il changea la direction de la conversation.

— Il paraît que tu es venue me chercher à la boutique.

— Oui, et on m'a bien fait comprendre que tu n'étais pas intéressé.

— Lonnie est un sale menteur. Je l'ai viré.

Elle s'interrompit dans son mouvement pour retirer le scotch.

— Tu l'as viré parce qu'il m'a dit de partir ?
— Oui.

Ses lèvres s'incurvèrent, mais seulement une demi-seconde avant qu'elle fasse la moue à nouveau.

— Alors tu es venu ici pour t'excuser ? Ça n'explique toujours pas comment tu es entré.

— La fenêtre de ta chambre. Je me souvenais qu'elle n'était pas fermée.

Un rappel de la nuit qu'ils avaient passée

ensemble. Cela ne suffit pas à distraire son esprit acéré.

— C'est impossible de monter jusqu'à ma fenêtre. C'est pour ça que je ne la ferme pas, fit-elle remarquer en fourrant le scotch qu'elle avait retiré dans la poubelle.

Elle posa ensuite les yeux sur le rouleau posé sur le plan de travail, et le type qui bavait par terre. Avant qu'elle puisse faire quoi que ce soit, Griffin attrapa le rouleau et s'agenouilla pour lier les poignets du gars, afin qu'il ne puisse rien faire s'il se réveillait.

— Alors ? insista-t-elle en tapant du pied.

— Je suis venu par le toit.

— Le toit. Comme un cambrioleur, décréta-t-elle d'une voix plate.

— Et si on disait plutôt le héros qui est venu te sauver les miches ? répliqua-t-il en se relevant pour la dominer de sa taille.

Elle redressa le menton, pas impressionnée pour un sou.

— Mes miches iraient très bien si tu n'avais pas volé le carton ! Je le lui aurais filé et il serait parti, dit-elle en fixant le type évanoui d'un regard mauvais.

— Je n'ai pas ton carton.

La bouche de la jeune femme forma un petit o.

— Mais tu as dit…

— J'ai menti pour qu'il se concentre sur moi plutôt que sur toi.

Elle pinça les lèvres.

— Si je ne l'ai pas et que tu ne l'as pas non plus, alors qui ?

— Je ne sais pas. Mais vu à quel point ces types ont l'air de le vouloir, nous ferions bien de le découvrir.

CHAPITRE 13

Nous.

Maeve ne savait pas trop ce qu'elle pensait de son usage de ce mot. Il parlait comme s'ils étaient une équipe. Un couple. Comme si elle irait se mettre avec quelqu'un qui trouvait ça normal de grimper sur un toit pour s'introduire chez elle.

Et le fait qu'il l'ait sauvée alors que ça tournait au vinaigre pour elle ? Est-ce que ça effaçait ses actions ?

Une part d'elle avait envie de dire oui. La faute à cette nuit de sexe incroyable. C'était la part qui avait envie de voir le bon en lui pour justifier son désir.

D'un autre côté, elle ne pouvait s'empêcher d'avoir l'impression que les problèmes qu'elle avait étaient en partie de sa faute, ce qui n'était pas très juste. En réalité, c'était à cause de son père qu'elle s'était fait agresser.

Pourquoi voulaient-ils ce carton à tout prix ? Elle doutait que ce soit pour les photos ou le bouquin, et elle se demandait bien ce que ce classeur contenait. Apparemment, quelque chose qui justifiait de torturer une femme pour l'obtenir.

Elle jeta un coup d'œil à l'homme au sol et résista à l'envie de lui donner un coup de pied. Cela aurait été mérité, vu la douleur qui pulsait au niveau de sa pommette. Elle aurait un bel hématome, c'était sûr. Elle allait devoir expliquer son agression au travail parce que si elle ne le faisait pas, elle était bonne pour se retrouver avec de la docu pas très subtile sur les violences domestiques sur son bureau. Elle en avait récolté un bon nombre la fois où elle s'était fait un bleu en pleine face avec un râteau. Personne n'avait accepté de croire qu'elle avait marché dessus et se l'était pris en plein visage. Elle avait fait remplacer la pelouse à la con par du gravier après ça.

— On devrait appeler la police, annonça-t-elle de façon abrupte.

Un compte-rendu de la police aiderait à calmer les ragots à l'hôpital.

Griffin ouvrit la bouche et elle se prépara à argumenter devant son refus. Au lieu de cela, il dit :

— Déjà fait.

— Ah bon ?

Elle était surprise.

— Oui. J'ai envoyé un SOS à la seconde où j'ai compris que tu étais prise en otage. Contrairement à ce que tu as l'air de penser, je suis un honnête citoyen.

— Tu ne te bats pas comme un honnête citoyen.

Il avait tabassé son agresseur de bon cœur.

— J'ai grandi dans un quartier difficile. J'ai dû apprendre à me défendre. Et tu peux parler ? Le croche-patte que tu lui as fait ? Très courageux.

Elle grimaça.

— Pas vraiment. J'étais terrifiée et je ne savais pas quoi faire d'autre.

Dans sa tête, elle avait espéré lui faire perdre l'équilibre de façon à ce qu'il tombe sur le couteau. Mais Griffin s'en était occupé et c'était mieux pour le sol de sa cuisine. Moins sanglant.

— Où est-ce qu'il t'a frappée d'autre ? demanda-t-il en prenant délicatement dans sa main le côté indemne de son visage.

— Juste un coup sur la joue, assez fort pour me faire perdre connaissance, répondit-elle en grimaçant.

— Comment tu te sens ?

— Douloureuse, reconnut-elle. Mais ça a l'air d'aller à part ça. Pas d'acouphène ou de vision floue. Mais c'est encore trop tôt pour dire si j'ai une commotion cérébrale.

— Je suis désolé.

— Pourquoi ? Tu es en train d'avouer que c'est ta faute ?

— D'une certaine façon. Si Lonnie ne t'avait pas renvoyée, alors on serait chez moi tous les deux dans mon appartement, et ceci ne serait pas arrivé.

— Ou bien ça n'aurait fait que le retarder, et au

lieu que tu sois arrivé à temps, il me manquerait un ou deux doigts.

Son estomac se rebella alors qu'elle prononçait ces mots. Elle avait voulu dire ça d'un air léger, mais se retrouva confrontée de plein fouet à la dure réalité. Cet homme lui aurait fait bien plus de mal que ce qu'il avait déjà fait.

Elle s'élança soudain vers la salle de bain et s'effondra devant les toilettes. Elle, qui était capable de fourrer ses mains à l'intérieur de quelqu'un pour soigner une blessure, se retrouva à vomir à l'idée de ce qui avait failli se passer.

Sa nausée continua jusqu'à ce que son estomac vide arrête de se contracter. Elle agrippa la porcelaine, les yeux fermés pour arrêter les larmes de honte et de peur latente.

Une main douce dans son dos la fit se raidir.

— Ça va, chérie ?

Elle le regarda en clignant des yeux, surprise, parce qu'elle n'avait jamais eu quelqu'un à ses côtés pendant qu'elle vomissait. La plupart des gens se tenaient à l'écart.

— Je vais survivre, grinça-t-elle.

Il lui frotta doucement le dos.

— Je t'ai amené de l'eau pour te rincer la bouche.

— Merci.

Elle tendit la main vers le verre qu'il lui offrait et fit tourner une gorgée dans sa bouche. Il se leva et partit avant qu'elle crache dans les toilettes. Elle recommença et tira la chasse avant de se lever. Elle grimaça en avisant son reflet dans le miroir, avec sa peau marbrée de rouge.

Griffin revint, cette fois avec un tissu humide. Tiède, remarqua-t-elle en le passant sur sa bouche et son menton.

— Désolée, marmonna-t-elle, incapable de croiser son regard dans le miroir.

— De quoi ? D'être humaine ? Je suis surpris que tu aies tenu si longtemps avant la réaction de choc.

— Il a dit qu'il me couperait les doigts…

Sa bouche se remplit d'un goût aigre en disant ça à voix haute.

— Je suis désolé, chérie. J'aurais voulu que tu n'aies jamais à vivre une chose pareille.

Il l'attira contre son torse puissant et enroula ses bras musclés autour d'elle. Elle se sentait en sécurité comme ça.

Elle ne savait pas combien de temps ils restèrent là à s'étreindre dans les toilettes étroites du rez-de-chaussée. Elle n'avait pas de problème avec l'idée de rester là pour toujours, mais elle ne protesta pas quand il la mena à l'étage en disant :

— Tu devrais te brosser les dents. Tu te sentiras mieux après.

La sonnette retentit alors qu'elle était sur la première marche. Elle s'arrêta.

— Va te rafraîchir, lui intima-t-il. Je vais faire entrer les flics et leur expliquer ce qui s'est passé.

Elle aurait voulu protester, mais elle avait aussi envie de se débarrasser du goût âcre dans sa bouche. Ça irait vite. Elle courut dans la salle de bain de l'étage et grimaça en voyant son visage. Elle n'était pas juste rouge d'avoir vomi, mais aussi enflée là où le malfrat l'avait frappée. Elle prendrait un pack de glace en descendant. Elle brossa ses dents et sa langue. Elle se lava le visage avec soin et appliqua de l'hamamélis sur la zone tuméfiée. Cela aiderait à réduire l'enflure.

Elle prit une seconde pour se brosser les cheveux et inspira un bon coup. Il était plus que probable que la police lui demanderait de venir au commissariat faire une déposition. Elle devrait emballer un truc à manger. Elle n'avait peut-être pas faim pour le moment, mais ça finirait par venir, vu qu'elle n'avait pas dîné.

Elle entendit un murmure de voix en descendant l'escalier. Elle entra dans la cuisine et découvrit que son agresseur avait disparu. Griffin était en train de parler avec l'inspecteur Gruff.

Ils la saluèrent tous les deux immédiatement : Griffin se porta à son côté, et l'inspecteur lui fit un signe de tête.

— Votre ami était en train de me raconter ce qui s'est passé.

Elle n'essaya pas d'échapper au bras réconfortant que Griffin avait passé autour d'elle. Être une femme forte au travail et dans sa vie ne contredisait pas le fait que c'était parfois agréable d'avoir quelqu'un sur qui se reposer.

— Il est passé par le garage.

Cela la rendait dingue de se dire que c'était arrivé pile la fois où elle n'avait pas pris le temps de s'assurer que ce scénario était impossible.

— Où est-il ? demanda-t-elle en priant pour qu'on ne lui réponde pas qu'il s'était échappé.

— Il a été emmené au commissariat, lui apprit l'Inspecteur Gruff.

— Je suppose que je vais devoir y aller faire ma déposition ?

Elle appréhendait cela : ce ne serait pas agréable.

— En fait, M. Lanark nous a déjà donné assez de détails pour qu'on ait de quoi incarcérer l'auteur dans faits. Pour le moment, vous n'avez pas besoin de faire quoi que ce soit.

Elle ne pouvait nier le soulagement qu'elle ressentit en apprenant qu'elle n'aurait pas besoin de passer des heures au commissariat.

— Prévenez-moi si vous avez besoin de davantage d'informations. Je n'ai pas envie de retrouver ce type lâché dans la nature de sitôt.

— Il ne te fera plus jamais de mal, jura doucement Griffin.

L'inspecteur ne broncha pas devant cette menace sous-entendue.

— Vous pouvez m'en dire davantage sur le carton que votre agresseur cherchait ?

Elle haussa les épaules.

— Il n'y a pas grand-chose à en dire, je suppose que c'est le colis que j'ai reçu de mon père. Il est mort, et un avocat m'a envoyé ses affaires. Il y avait surtout des photos de lui, un livre et un classeur.

— Qu'est-ce qu'il y avait dans le classeur ?

C'était Griffin qui avait posé la question.

— Je ne sais pas. Je n'arrivais pas à lire le texte. Ça avait l'air vieux. Si je devais émettre une supposition, des recettes ou quelque chose comme ça. Il semblait y avoir des listes d'ingrédients, suivi par des instructions. Oh, et quelques croquis de feuilles de plantes.

— Ça pourrait être quelque chose passé de génération en génération dans la famille, réfléchit Griffin à voix haute.

— Aucune idée, je n'ai jamais connu ma famille du côté de mon père.

— Le carton a disparu ? clarifia l'inspecteur.

Elle hocha la tête.

— Je l'ai mis dans mon coffre ce matin, et il n'y était plus quand mon agresseur est arrivé. Bon débarras. Ce truc n'a fait que me causer des ennuis.

— Ça ne me fait pas plaisir de vous dire ça, déclara lentement l'inspecteur, mais il y a de fortes possibilités, vu vos soucis récents, que le type qu'on a embarqué ne soit pas le seul à vouloir ce carton.

— Mais je ne l'ai plus.

— Ils ne sont pas forcément au courant.

— Ça veut dire quoi ? Que je suis toujours en

danger ?

Le policier ne prit pas de gants :

— Oui. Est-ce que vous pourriez aller habiter ailleurs pendant quelque temps ?

— Je suppose que je peux prendre une chambre d'hôtel.

N'importe où sauf ici. Elle ne se sentait plus en sécurité dans ce qui avait été son cocon.

— Certainement pas, gronda Griffin. Tu viens chez moi.

Elle se tourna vers lui, la bouche ronde de surprise.

— Je ne peux pas faire ça.

— Pourquoi ? J'ai de la place.

— Parce qu'on se connaît à peine.

— Je sais que tu ronfles, déclara-t-il sans se soucier de leur public.

— C'est pas vrai.

— C'est pas grave. Je trouve ça mignon, dit-il avec un clin d'œil.

L'inspecteur se racla la gorge.

— Aller chez quelqu'un serait sans doute une meilleure idée que d'être toute seule.

— Je peux aller chez Brandy.

Son appartement était un peu petit pour deux, mais ce serait temporaire.

— Alors tu préfères la mettre en danger que venir chez moi ? demanda Griffin d'une voix traînante.

Ses joues s'embrasèrent d'agacement.

— Non.

— Alors c'est réglé. Va faire ton sac, chérie.

— Et si je n'ai pas envie de venir chez toi ? souffla-t-elle.

— Tu veux vraiment te buter là-dessus ?

— Bon, je vous laisse régler ça entre vous. Madame, je vous recontacterai s'il me faut d'autres informations.

L'inspecteur sortit, la laissant seule avec Griffin.

Elle pinça les lèvres.

— Ce n'est pas parce qu'on a couché ensemble que tu peux me donner des ordres comme ça.

— Ce n'est pas un ordre, c'est une invitation. Allez, chérie, on sait tous les deux que c'est chez moi que tu seras le plus en sécurité.

— En sécurité chez un dealer. C'est un oxymore.

— Tu oublies que ce que je vends est cent pour cent légal et que j'ai un appartement protégé par une alarme et d'autres dispositifs de sécurité.

Il prit ses mains dans les siennes et ajouta :

— Je sais que ce n'est pas ton premier choix, mais c'est juste temporaire.

— Une fois que les gens qui veulent le carton de mon père auront compris que je ne l'ai pas, ils me laisseront tranquille.

Le dire à voix haute ne suffit pas à la convaincre.

— Si quiconque essaie de s'en prendre à toi, ils devront passer par moi d'abord.

Ça, par contre, c'était convaincant.

CHAPITRE 14

Plutôt que de passer par l'arrière-boutique où il risquait de croiser des membres curieux de la Meute, Griffin fit entrer Maeve par l'avant, et verrouilla immédiatement derrière lui, en désarmant et réarmant l'alarme.

Elle ne dit rien, elle se contenta d'attendre, son sac en bandoulière. Elle avait refusé qu'il le porte, mais elle l'avait laissé conduire sa voiture quand il lui avait fait remarquer que ses mains tremblaient.

— Je vis dans les deux étages du haut.

Il la laissa passer la première et, étant un homme, il apprécia la vue sur ses fesses, moulées par le tissu qui se tendait à chaque marche. En haut, elle attendit pendant qu'il tapait le code qui permettait d'ouvrir. Il y avait aussi une clé, en cas de coupure de courant, bien cachée, et il était le seul à savoir où elle se trouvait.

Ils entrèrent et elle poussa un petit :

— Ouah.

— Ça te plaît ?

Étrangement, sa réponse lui importait. Il était plutôt fier du résultat auquel il était parvenu. Le plancher en pin rénové. Les murs récemment crépis. Les nouvelles fenêtres, plus grandes et plus isolantes.

— C'est chouette. J'aime à quel point c'est ouvert.

Elle se débarrassa de ses chaussures avant de s'avancer pour explorer. Son premier arrêt fut devant l'îlot de cuisine, et elle passa sa main sur le dessus en granite. Elle y posa son sac.

— C'est la pièce à vivre principale, comme tu t'en doutes. En haut se trouvent la chambre et la salle de bain.

— Tu dois avoir beaucoup d'amis, déclara-t-elle en regardant les canapés et les fauteuils.

— Un certain nombre. La plupart travaillent pour moi, et on se retrouve ici pour nos réunions de boulot en général.

— J'ai mal choisi ma profession, visiblement, marmonna-t-elle en regardant la télé géante sur son mur.

— Tu fais un travail plus important que le mien. Et tu as dû suivre un cursus qui coûte cher.

Elle plissa le nez en répondant :

— Il m'a fallu presque dix ans pour rembourser mon prêt étudiant. Maintenant, je travaille sur celui pour la maison.

— Si ça te console, je suis toujours en train de payer les rénovations.

Un grand sourire s'afficha sur son visage.

— Eh bien, oui, ça me console.

Son sourire le réchauffa de l'intérieur.

— Tu as faim ? demanda-t-il.

Ses lèvres tournèrent vers le bas.

— Non. Je ne peux pas m'arrêter de penser à ce qui s'est passé.

Elle mit une main sur son ventre comme si elle se sentait nauséeuse à nouveau.

— Tu es en sécurité. Cet enfoiré est en taule.

C'était faux. Quand Griffin avait envoyé un SMS à Billy, c'était pour éviter que d'autres flics ne se pointent. Il avait profité qu'elle soit en train de se débarbouiller après avoir vomi pour embarquer le type.

— Ce malfrat qui m'a attaquée… Il a dit que quelqu'un l'avait embauché, ce qui veut dire que ce n'est pas terminé. J'aurais voulu qu'il y ait un moyen de prévenir ces gens que je n'ai plus le carton.

Elle se passa une main sur le visage.

— Qui aurait pu penser que l'homme qui ne s'est pas donné la peine d'être un père pour moi quand il était vivant me causerait tant de soucis une fois mort ?

— Je suis sûr que ce n'est pas ce qu'il voulait.

— On n'aura jamais la réponse, j'imagine, dit-elle d'une petite voix triste.

— Je sais ce qui t'aiderait à te détendre. J'ai une baignoire-jacuzzi avec plein de jets de massage, tu vas fondre dedans.

— Déjà en train d'essayer de m'enlever mes fringues ?

Il secoua la tête.

— Pas ce soir.

Il avait très envie de l'attirer dans ses bras pour lui faire tout oublier, mais il n'abuserait pas de sa fragilité psychologique. Elle avait eu un choc. Elle n'avait pas besoin qu'il la ravage, même si cela lui vaudrait un orgasme.

— Pourquoi tu ne vas pas faire trempette ? Toute seule.

— Et tu seras où ?

— En bas. J'ai du travail à finir.

Son regard se troubla.

— Qui a accès à ton appartement ?

— Juste moi. Et pour prendre les escaliers, il faudra passer devant moi.

— Tu n'as pas eu besoin d'escaliers ou d'une porte pour entrer chez moi.

— Ce bâtiment est trop loin des autres pour qu'on puisse utiliser cette méthode. Je te promets que tu es en sécurité. Tu préfères que je reste avec toi ?

Elle mâchonna sa lèvre inférieure et finit par secouer la tête.

— Ça va aller. Je suis juste un peu plus secouée que je le pensais.

— La baignoire est assez grande pour deux, taquina-t-il.

Il faillit pouffer de rire en voyant ses joues se teinter de rose.

— Je me débrouille, bafouilla-t-elle. Va faire ce que tu as à faire.

— D'abord, laisse-moi te montrer où trouver les serviettes et le reste.

Elle admira son immense chambre et poussa un *ooooh* devant sa baignoire tout aussi démesurée. Il la laissa avec son peignoir pendu à un crochet, une pile de serviettes pour le corps et les cheveux, et un rappel qu'il ne serait pas loin.

Il descendit les escaliers en essayant de ne pas penser au fait qu'elle était toute nue dans sa baignoire. Ce qu'il aurait donné pour la rejoindre. Mais elle avait besoin de temps pour se calmer. Et être insistant aurait l'effet opposé.

Et puis, Griffin avait envie d'avoir une petite conversation avec quelqu'un.

Il trouva Billy au sous-sol, avec leur prisonnier et Ulric, assis, les pieds sur la table.

— Salut, patron.

— Qu'est-ce que vous avez pour l'instant ? demanda Griffin en retirant son tee-shirt.

Il ne voulait pas mettre de sang dessus. Maeve risquerait de s'en rendre compte.

— Rien. Cet enfoiré ne décroche pas un mot.

L'Attaque de l'Alpha

— Ah bon ? Tant mieux, parce que j'avais envie d'un punching-ball.

Griffin laissa un petit sourire s'afficher sur ses lèvres et s'assura que le malfrat le voie.

— Vas-y, tape. Je dirai rien, affirma le type en crachant par terre.

— C'est toi qui vois.

Griffin retira ensuite son jean et son boxer, et il se débarrassa de ses chaussures et chaussettes.

— Espèce de pervers. Tu comptes me faire parler en me sautant ?

Griffin enroula ses épaules pour étirer ses membres et faire craquer ses articulations avant de déclarer :

— Je vais te montrer que tu t'en es pris au mauvais gars.

— Ce n'est pas après toi que j'en ai. Cette salope de toubib, elle a un truc qu'on veut.

— Et elle est sous ma protection.

— Tu as fait de la merde, alors, le provoqua l'idiot dans son fauteuil.

— En effet, et c'est pour ça qu'il faut que je rectifie la situation.

Il jeta un coup d'œil à Ulric.

— Balance-le dans la pièce. Il est temps qu'il parle.

— Ça marche, patron.

Ulric défit le scotch qui ligotait le type et le traîna

jusqu'à une porte en métal, intégrée dans le béton. C'était une pièce blindée pour ceux qui n'étaient pas capables de se contrôler correctement à la pleine lune.

Insonorisée. Sans issue. Un cube de six mètres sur six vide. Griffin y entra et trouva le captif en position de combat.

— Allons-y alors, pervers, dit-il en serrant les poings.

La porte claqua derrière Griffin. Il sourit.

— Ça s'arrête quand tu commences à parler.

— Tu ne me feras pas craquer à toi tout seul.

— Vraiment ?

Griffin sourit et appela le loup en lui, laissant la douleur agonisante le déchirer alors que la structure de son corps se réorganisait. Dans son cas, le virus se déclenchait à la seule force de sa volonté. Les autres Lycans ne pouvaient se transformer qu'à la pleine lune.

Mais un Alpha… Un Alpha commandait au loup.

Il gronda en montrant les crocs, et ce fut presque assez pour que l'homme se mette à parler.

Heureusement, ce ne fut pas si facile que ça. Cet idiot pensait faire le poids, et Griffin eut l'occasion de se passer les nerfs sur lui.

Quand il frappa à la porte selon le code convenu, il savait tout et rien.

Il savait que l'homme s'appelait Travis McDonald et qu'il avait été récemment libéré sur parole, et que c'était comme ça qu'Antonio l'avait trouvé. Apparemment, ce connard de Toronto passait une bonne partie de son temps à proposer des deals à des détenus.

Dix mille dollars pour tuer Griffin.

Mille pour récupérer le carton.

Quant à où se cachait Antonio ?

Travis avait juré – et pleurniché – qu'il n'en savait rien. On lui avait donné un numéro où envoyer un SMS pour avoir des instructions s'il réussissait.

Pas la peine de répéter tout ça, vu qu'il y avait des caméras dans la pièce. Quand Griffin sortit, Ulric lui tendit une serviette humidifiée pour nettoyer le sang qui séchait sur son visage.

— J'arrive pas à croire qu'Antonio ait essayé de transformer une merde pareille, dit Ulric avec dégoût.

Essayé, d'après les marques de morsure sur le bras de Travis, mais heureusement, ça n'avait pas marché. Un humain agressif faisait un loup agressif. Pas super pour une espèce qui essayait de se faire discrète.

— Qu'est-ce que tu veux qu'on fasse de lui ? demanda Ulric.

Billy était parti pendant l'interrogatoire en disant qu'il avait une piste.

— Je pense qu'on devrait faire notre devoir de citoyen et s'assurer que cette sale merde n'ira plus jamais chercher noise à quiconque.

— Oui, patron.

Ulric ne discuta pas ses ordres. Comme Griffin et bien d'autres dans la Meute, il n'avait aucune tolérance pour les connards du style de Travis. Se débarrasser de lui pour de bon rendrait ce monde meilleur.

Avant de retourner auprès de Maeve, Griffin alla chercher un plat indien à emporter en bas de la rue.

Il la trouva perchée sur un tabouret dans sa cuisine, vêtue de son peignoir. Ses cheveux humides pendaient dans son dos.

Elle tourna sur elle-même quand il entra, un couteau à la main, prête à se défendre. Il faillit lui dire la vérité, lui annoncer que Travis ne lui ferait plus jamais de mal, ni à elle ni à personne d'autre.

Au lieu de cela, il souleva le sac en papier avec la nourriture et le secoua.

— Ne me tue pas. J'apporte à manger.

Il lui aurait donné le monde quand elle lui sourit et répondit :

— Mon héros.

CHAPITRE 15

Même après un excellent dîner, Griffin ne tenta rien avec Maeve. Elle attendait constamment que ça arrive. C'était en partie pour cela qu'elle avait mis son peignoir plutôt que les vêtements qu'elle avait apportés. Macérer dans son bain lui avait donné le temps de décider qu'il fallait qu'elle soit un peu moins coincée.

Oui, Griffin vendait de la marijuana, mais en tant que médecin, elle était bien placée pour savoir que non seulement, c'était légal au Canada, mais qu'en plus, la plante présentait des bienfaits thérapeutiques. Allait-elle vraiment le juger parce qu'en vendre marchait bien pour lui ?

Et sa méthode était peut-être quelque peu suspecte, mais il était venu la sauver. Et son héroïsme ne s'arrêtait pas là. Il lui avait offert un refuge, promis de la protéger, lui avait amené à manger, ne l'avait pas collée et respectait ses limites. En d'autres termes, il lui avait donné tout ce dont elle avait besoin.

Sauf que Maeve était gloutonne et qu'elle en voulait davantage.

Être assise à ses côtés lui donnait une conscience bien trop aiguë de sa masculinité. Cela lui rappelait le plaisir qu'on pouvait obtenir de son contact. Et à son grand agacement, il insistait pour se comporter en gentleman.

Ce qui ne lui laissait plus qu'une seule possibilité.

L'attaque.

— Tu comptes m'embrasser à un moment donné ?

Il s'interrompit au milieu de sa phrase alors qu'il était en train de lui parler rénovations et la fixa.

— Tu dois être fatiguée.

— Oui. On devrait aller se coucher.

Et au cas où ce ne soit pas clair, elle ajouta :

— Ensemble.

— Tu es sûre ? demanda-t-il tout en bougeant pour l'attirer sur ses genoux.

— Je n'ai jamais été plus sûre de quoi que ce soit, murmura-t-elle contre ses lèvres.

Ils n'arrivèrent pas jusqu'au lit. Leur baiser s'éternisa et elle se retrouva allongée sur le canapé, le poids de son corps sur le sien.

Elle referma ses jambes autour de lui alors qu'il se frottait contre elle, et qu'ils s'embrassaient, juste s'embrassaient, mais au point qu'elle soit hors d'haleine et trempée. Son corps tout entier en réclamait davantage.

Comme s'il avait senti son besoin, il laissa ses lèvres dériver de sa bouche, venir courir le long de sa mâchoire puis parcourir la colonne de sa gorge. Il s'arrêta sur son pouls, y fit passer sa langue, et elle sentit sa respiration se bloquer.

Il vint tirer sur le peignoir, en écarta les pans, et il se souleva à demi pour mieux la voir et jouer avec elle. Il caressa la vallée entre ses seins et descendit sur son ventre avant de presser son mont de Vénus.

Ses hanches frémirent et elle aurait pu jurer voir des étoiles l'espace d'une seconde. Il descendit pour que sa bouche suive le chemin que sa main avait pris. Il s'interrompit pour frotter sa mâchoire légèrement barbue contre la peau douce de son ventre. Il la taquina de son souffle et fit glisser ses lèvres sur son abdomen et encore plus bas. Quand il souffla de l'air chaud contre le centre de son corps, elle trembla.

— Tu sens tellement bon, putain, murmura-t-il.

Ses paroles étaient des exhalaisons chaudes contre la peau sensible de la jeune femme. Elle frissonna et laissa sa jambe tomber du canapé, s'ouvrant à lui. Il poussa un grognement d'approbation et se mit en demeure de lui offrir un baiser intime.

— Oh, fut tout ce qu'elle parvint à dire alors que le bout humide de sa langue venait tracer les contours de ses lèvres, s'immisçait entre elles, et effleurait son clitoris.

Il joua de sa langue en appuyant et faisant des va-et-vient, jusqu'à ce que Maeve se crispe sur les coussins du canapé en soulevant les hanches pour se rapprocher du plaisir. Il la lécha et tourna autour de son clitoris, la rendant folle, jusqu'à ce qu'elle agrippe ses cheveux.

Il pouffa contre sa chair et la taquina encore un peu avant de reprendre sa stimulation orale. Au bord de la jouissance, elle se cambra mais il resta là, collé à elle. À la lécher. La taquiner. Mais à se retirer juste avant son orgasme.

Elle gémit, submergée par son besoin d'aller plus loin.

— Regarde-moi, chérie, exigea-t-il avec douceur.

Elle ouvrit les yeux et se retrouva captive de son regard.

— Déshabille-moi.

Elle ne portait qu'un simple peignoir qui glissa de ses épaules quand elle se redressa, mais lui était encore tout habillé. Elle attrapa se chemise à carreaux et posa les yeux sur les boutons, puis sur lui. Elle sourit.

— J'aime beaucoup cette chemise, dit-il.

— Je t'en achèterai une autre.

Elle tira, et les boutons sautèrent, ce qui la fit rire. Il rit avec elle avant de l'embrasser à nouveau. Mais elle n'en avait pas terminé. Elle le repoussa et fit courir sa main sur son torse légèrement velu jusqu'à ce qu'elle atteigne la ceinture de son pantalon.

Elle le poussa.

— Debout.

— Oui, Madame.

Il se leva et elle tendit la main vers les boutons de son jean qu'elle défit un par un en remarquant comment il se tendait et comment sa respiration se faisait inégale.

Elle tira vers le bas et se retrouva avec son pénis en plein visage, son caleçon était incapable de contenir son érection. Celle-ci vint cogner contre sa joue et il s'exclama :

— Heu, désolé pour ça.

— Pourquoi t'excuser ?

Elle le prit dans sa main et lui adressa un sourire faussement pudique avant de sucer le bout.

Il hoqueta.

Elle suça à nouveau en s'assurant qu'il sentait bien sa langue.

Il gémit.

Elle en aurait fait davantage, mais il avait l'air peiné quand il lui dit :

— Si tu n'arrêtes pas, je vais devenir inutilisable dans genre, trente secondes.

Elle s'interrompit et le regarda. Vu le feu qui couvait entre ses jambes, ça aurait été dommage de gâcher cette opportunité.

— Capote ? demanda-t-elle.

Il faillit trébucher en retirant son jean pour fouiller dans une de ses poches. Ça lui donnait un peu le vertige qu'un homme aussi viril soit autant attiré par elle. Elle l'attira à elle pour l'embrasser et caressa son érection recouverte de latex.

Il siffla.

— Je vais pas tenir.

— Assieds-toi.

Elle le poussa sur le canapé et il s'y laissa tomber, sa verge dressée, longue et épaisse. Elle enfourcha ses cuisses, emprisonnant son érection entre eux. Elle la sentit pulser contre elle alors qu'ils s'embrassaient et que leurs langues se mêlaient en un duel sensuel.

Les tétons de la jeune femme durcirent et il dut le sentir, parce qu'il prit sa tête dans sa main et la fit s'incliner en arrière pour pouvoir venir les prendre dans sa bouche. Un gémissement lui échappa alors que sa langue tourbillonnait autour du petit bout de chair. Elle dirigea ses hanches vers lui, cherchant une pression là où elle en avait le plus besoin.

Elle se souleva suffisamment pour saisir son sexe et le frotter contre sa fente. Trempée, elle le lubrifia de sa cyprine avant de le guider en elle. Il enfonça ses doigts dans ses fesses et se tendit alors qu'elle descendait sur lui. Quand il fut fiché en elle, elle se cambra pour le prendre encore plus profond.

Il tremblait.

— Baise-moi, chérie.

Ses doigts crispés la maintenaient en place.

— J'essaie, se moqua-t-elle.

Elle se pencha pour l'embrasser tout en faisant

tourner ses hanches. Elle avala son gémissement et ses respirations inégales tandis qu'elle se balançait et roulait sur son sexe. Il l'emplissait parfaitement, assez épais pour l'étirer, assez long pour trouver le point qu'il fallait. Elle se contracta autour de lui tout en le chevauchant, en se balançant et se frottant. Elle gémissait de plaisir et finit par perdre son rythme.

Il la fit rouler sur le dos et parvint à rester emboîté en elle jusqu'à la garde. Il s'accrocha à ses hanches tout en prenant le relais pour définir le rythme, allant et venant en elle et touchant son point G à chaque coup. Il la tringla, de plus en plus vite, en la serrant de plus en plus fort.

Elle respirait à peine et elle se tendit et enfonça ses ongles dans ses épaules alors que le plaisir montait.

Quand l'orgasme la balaya, elle cria :
— Griffin.

Elle aurait pu jurer qu'il hurlait en réponse. Ils jouirent ensemble, et Griffin cria d'abord avant d'enfouir sa bouche contre sa peau, de la mordiller même, alors qu'il frissonnait contre elle.

— Mienne, gronda-t-il.

Le mot était possessif, mais elle se prélassa dans la sensation que cela faisait naître en elle. Elle en avait besoin. Elle se blottit contre lui alors qu'il la portait à l'étage pour la mettre au lit et lui donner encore du plaisir.

Elle enfonça ses ongles dans sa chair alors qu'il

la prenait, vite et fort. Elle se crispa, tremblante, alors qu'il continuait à taper contre son point le plus sensible. À la ramener pile au bord de la falaise.

Elle ne put s'empêcher de hurler alors qu'elle jouissait à nouveau, plus fort que jamais. Il la rejoignit en gémissant son nom, enfoncé jusqu'à la garde, et il éjacula en elle en la serrant avec force.

Il n'y avait pas grand-chose à dire, même si elle avait pu reprendre suffisamment son souffle pour parler. À la place, elle se contenta de s'accrocher à lui, la joue contre son torse, tandis qu'il roulait sur le dos. Elle avait une main posée sur son cœur, qui prit bien son temps pour redescendre.

Apaisée et repue, elle s'endormit, et ce n'est que grâce à l'alarme insistante de son téléphone qu'elle se réveilla à temps pour son service à l'hôpital.

— Argh. Le boulot, grimaça-t-elle contre son torse.

— Appelle pour dire que t'es malade, suggéra-t-il en frottant son visage contre le haut de son crâne.

— Je ne peux pas, soupira-t-elle. On manque déjà assez de médecins comme ça.

— Alors je suppose qu'on va devoir attendre ce soir.

— On a le temps pour un coup rapide.

Elle pivota contre lui. Il gémit mais n'eut pas besoin d'une invitation supplémentaire. Il la fit rouler pour se glisser en elle par derrière, un doigt sur son clitoris tandis qu'il allait et venait, l'amenant à l'orgasme rapidement.

Après quoi, elle se retrouva dans ses bras, haletante, et murmura :

— C'est meilleur qu'un petit déjeuner.

— Ça, c'est juste parce que tu n'as pas goûté mes pancakes.

Il mordilla son épaule.

— Va prendre une douche pendant que je te prépare quelque chose.

— Tu n'es pas obligé, se hâta-t-elle de répondre. D'habitude, je prends juste un café.

— Pas aujourd'hui. File.

Toute protestation fuit son esprit quand il roula hors du lit et qu'elle se retrouva à contempler son superbe fessier.

S'il insistait... Elle allait en profiter, alors. Ce n'était pas souvent qu'elle se faisait bichonner. En fait, à part Brandy, personne ne faisait jamais rien pour elle. Elle n'avait plus de famille encore vivante. Son travail ne lui permettait pas d'avoir une vie sociale active, si bien qu'elle avait peu d'amis.

Mais rentrer dans une cuisine et y trouver un verre de jus d'orange à côté d'une tasse de café, c'était plaisant. Dès qu'elle s'assit, Griffin, vêtu en tout et pour tout d'un boxer, déposa une assiette devant elle emplie de pancakes moelleux et de lard grillé. Il avait même du vrai sirop d'érable.

Elle gémit à la première bouchée et murmura :

— Je crois que je suis amoureuse.

Elle se figea aussitôt.

Lui aussi, mais juste une seconde, avant que le coin de ses yeux se plisse d'amusement.

— Je rapporterai ton compliment au chef.

Il venait de transformer sa gaffe pour en faire la remarque légère que c'était censé être.

Mais elle garda cela à l'esprit, peut-être parce qu'il y avait une possibilité pour qu'elle soit effectivement en train de tomber amoureuse. Quand il insista pour la conduire au travail, elle protesta :

— Tu n'es pas obligé de faire ça. Ce n'est pas loin, et l'hôpital est très sûr en général, surtout pendant la journée.

Elle pensait qu'il ne s'en laisserait pas conter, mais il hocha la tête.

— Désolé. Je ne veux pas me montrer trop protecteur.

Comme elle appréciait qu'il se soucie d'elle, elle proposa un compromis :

— Je t'enverrai un SMS quand je serai arrivée.

— Tu as intérêt.

Il déposa un baiser léger sur ses lèvres et l'accompagna jusqu'à sa voiture qu'il avait garée dans une ruelle entre les immeubles.

Elle le vit la regarder partir dans son rétroviseur et elle sourit quand il la salua de la main. C'était étrange cette connexion si rapide qu'elle ressentait pour lui. Quand elle lui envoya un texto de l'hôpital, il répondit aussitôt :

Passe une bonne journée, chérie. À ce soir. Ça te dit des steaks pour le dîner ?

Toutes sortes de réponses lui vinrent à l'esprit. *Je préférerais t'avoir toi, pour dîner. Je cuisinerai moi-même. Tu es sûre que je n'abuse pas ?*

Mais elle choisit la plus simple et la plus franche :
Oui.

CHAPITRE 16

Même si Griffin n'aimait pas le fait que Maeve soit trop loin pour qu'il la protège, le fait que Dorian ait réussi à s'infiltrer dans le système de sécurité de l'hôpital et lui permette de voir Maeve au travail – en sécurité – l'avait amadoué. Et non, il ne l'espionnait pas. Il gardait juste un œil sur elle au cas où elle aurait des problèmes. Ça aurait bien été du genre d'Antonio et son gang de mercenaires de faire un truc drastique, comme envahir l'hôpital pour l'enlever.

Ils n'avaient pas eu de réponse au message qu'ils avaient envoyé via le téléphone de Travis : « *J'ai le carton de la toubib. Où a-t-on rendez-vous ?* »

Travis avait-il menti ou est-ce qu'Antonio avait déjà le putain de carton ? Si c'était le cas, Maeve devait être en sécurité.

Devait n'était pas suffisant. Pas avec le tableau sinistre que Travis leur avait peint d'Antonio. S'il n'avait pas été capable de saisir les détails les plus subtils – parce que la morsure lycanthrope avait échoué –, il en avait assez dit pour que Griffin soit conscient qu'Antonio n'en avait pas encore fini avec sa ville. Combien d'autres escrocs comme Travis cet enfoiré avait-il essayé de transformer ? Ce qui menait à la question : combien étaient parvenus à devenir des Lycans, et combien avaient échoué ?

La dernière partie de la question trouva une réponse grâce à Billy qui appela pour l'informer que plusieurs cadavres se trouvaient en quarantaine à la morgue, dû à des témoignages attestant que la personne décédée avait été prise de convulsions et s'était mise à baver avant de mourir. Les prises de sang ne révélaient pas la présence de drogue, et leur seule blessure semblait être la morsure d'un animal. Cinq en tout, et il y en avait peut-être davantage.

Cinq, putain ! Combien de gens Antonio avait-il mordus au juste ? Cela dérangeait Griffin de se rendre compte qu'il n'avait aucune idée de la taille que pouvait faire la bande de son adversaire.

À midi, les cousins de la campagne arrivèrent, avec moult embrassades et promesses qu'ils allaient passer la ville au peigne fin à la recherche de loups. Cependant, Ottawa n'était pas un petit trou paumé. Trouver les Lycans cachés au milieu des humains serait presque impossible. Toutefois, leur présence apaisait Griffin.

Wendell et Bernard avaient peut-être un passé qui

laissait un mauvais souvenir au premier, mais même le comptable n'irait pas nier que les gars de la campagne étaient leurs meilleurs traqueurs.

Et super pénibles, aussi. Griffin commit l'erreur de les briefer dans son appartement, ce qui leur permit de détecter l'existence de Maeve, à l'odeur. C'est son cousin Benoît qui démarra l'interrogatoire :

— Elle est bonne ?

— Oui, alors tiens-toi à distance, prévint Griffin.

Benoît ne lâchait pas facilement.

— Elle a une sœur ?

— Laisse tomber la frangine, comment est sa mère ?

Le cousin Baptiste, qui n'avait pas tout à fait la trentaine, aimait les femmes mûres.

Seul Basile, qui était toujours marié à la mère de ses enfants, ne se joignit pas aux remarques grivoises. Il secoua la tête.

— C'est un miracle que vous ayez tous encore vos queues. À baiser à droite à gauche comme ça, vous auriez dû choper une saloperie depuis longtemps.

— Tu es juste jaloux de nos conquêtes.

Cela tira un reniflement à Basile.

— Je préfère franchement du cul de qualité qui ne débouche pas sur une IST.

— Ça serait possible de passer à la raison pour laquelle je vous ai convoqués ici ? interrompit Griffin.

— Bertrand a dit que tu t'es fait tirer dessus, annonça Bernard.

Griffin hocha la tête et leur raconta ce qui s'était passé jusqu'à présent. Il ne leur dissimula rien et finit par :

— Cet enfoiré est dangereux. Il ne respecte pas les traditions. Il utilise des flingues. Il mord des gens n'importe comment. C'est un danger public et il faut qu'on l'arrête.

Bernard hocha la tête.

— Je suis d'accord. T'inquiète, les gars et moi on va le retrouver.

— Pas juste lui. Il faut qu'on localise tous les gars qu'il a mordus.

Une notification sur son téléphone l'interrompit et il souffla.

— Maeve est ici. Il faut que vous dégagiez.

— C'est quoi le problème ? Tu as honte de tes péquenauds de cousins ? taquina Benoît.

— C'est plus que j'ai pas envie que vous lui fassiez peur et cassiez mon coup.

— Oh, merde, je crois que notre gars est amoureux, déclara Baptiste en le contemplant d'un air choqué.

— Et si c'était le cas ?

Cela lui valut encore plus d'yeux écarquillés, et puis ils prirent tous la fuite en se bousculant.

Tous sauf Basile.

— C'est quoi leur problème, putain ? demanda Griffin.

— Tu es en train de tomber amoureux.

— Et puis quoi ?

— Ces débiles ont peur que ce soit contagieux.

— Sérieux ?

La porte se referma derrière sa famille. Il contempla Basile.

— En quoi c'est une mauvaise chose d'avoir envie de se poser avec quelqu'un ?

— Ça ne l'est pas. Je le sais, et tu es en train de le découvrir, mais ces crétins n'ont pas encore compris ça.

Basile lui mit une claque dans le dos.

— Ignore-les. Rencontrer Hélène a été la meilleure chose qui me soit arrivée. Alors félicitations, détends-toi, et profites-en.

— Comment je peux en profiter alors qu'elle est en danger ? grommela-t-il.

— Ne t'en fais pas, cousin. On va s'assurer que personne ne fera de mal à ta dame.

Ta dame.

Sa femme.

Ma chérie.

Basile partit par l'entrée secrète juste au moment où Maeve entrait dans la boutique. Il dévala quasi les escaliers pour se porter à sa rencontre. Elle était debout devant la caisse, en train de papoter avec Wendell, qui était tout sage avec elle.

— On dirait que je ne vais pas avoir besoin de biper ton homme. Le voilà.

Wendell se tourna vers Griffin et eut un rictus

ironique en le voyant aussi pressé de retrouver Maeve. Mais son sourire à elle le valait bien.

— Hé.

Une salutation simple, et pourtant, il l'attira dans ses bras et murmura :

— Tu m'as manqué.

— Toi aussi, reconnut-elle avec timidité.

Il l'embrassa, et le baiser aurait pu durer longtemps si Wendell ne s'était pas raclé la gorge.

— Trouvez-vous une chambre.

Griffin fusilla du regard son aîné qui souriait jusqu'aux oreilles. Maeve pouffa de rire.

— Désolée.

— Tu veux qu'on monte ? demanda-t-il.

Ses joues rougies et son hochement de tête lui suffirent comme réponse. Il saisit son sac et grogna quand elle protesta en disant :

— Je peux le porter.

— Tu as travaillé dur toute la journée. Il est temps pour toi de te détendre.

Malgré sa journée chargée, il avait réussi à se faire livrer des steaks accompagnés de pommes de terre au four et d'une salade. Il lui fit découvrir sa terrasse sur le toit, aménagée avec un barbecue et un brasero au propane. Elle s'assit à côté, l'air heureuse.

Bon sang, lui aussi était heureux de cuisiner pour sa femme, de lui demander comment s'était passée sa journée, lui raconter les temps forts de la sienne, à l'exception de tout ce qui concernait la Meute.

En mangeant, il la régala d'histoires à propos de ses cousins en visite. Elle rit, et la lueur dans ses yeux n'était pas due qu'au vin. Après quoi, ce fut très chouette de se blottir sur le canapé pour regarder *Yellowstone* – série qu'ils appréciaient tous les deux. Et de s'embrasser. À un moment donné, il mit la télé sur pause pour s'asseoir par terre entre ses jambes et lui montrer à quel point elle lui avait manqué au juste.

Elle avait dû lui manquer aussi, vu qu'elle jouit une seconde fois, empalée sur sa verge, en soufflant son nom : « Griffin ».

Plus tard, alors qu'ils étaient allongés sur le canapé, bras et jambes entremêlées, les choses devinrent plus sérieuses.

— Je n'ai pas eu de nouvelles de l'inspecteur aujourd'hui. Et toi ? demanda-t-elle.

— Je l'ai appelé, en fait, et il dit de ne pas s'inquiéter. La sortie sous caution a été refusée. Le type qui t'a attaquée était recherché pour d'autres affaires. Il n'est pas près de sortir.

Elle soupira.

— C'est un soulagement. Tu penses que c'est fini, alors ?

— Ça dépend s'ils savent que tu n'as plus le carton.

— J'essaie toujours de comprendre comment on me l'a pris. Je veux dire, je suis allée directement de chez moi au travail. Et ensuite, je me suis juste arrêtée ici quelques minutes, et à l'épicerie pas plus longtemps. Et quand je suis arrivée chez moi, la boîte avait disparu.

— Je suppose que tu n'as pas vu de signes qu'on avait trafiqué ta voiture ?

Elle secoua la tête.

— Est-ce qu'il y a quelqu'un d'autre qui en a la clé ?

— Brandy.

Elle écarquilla les yeux.

— Elle est au courant pour le carton. Je lui ai dit que mon père était mort et m'avait laissé quelques affaires.

— Tu crois qu'elle aurait pu le prendre ?

— Je ne vois pas pourquoi elle aurait fait une chose pareille.

— Elle se mettrait en colère si tu lui posais la question ?

— Mais pourquoi est-ce qu'elle l'aurait ?

Avant qu'elle puisse envoyer un SMS à son amie, on frappa à la porte.

Maeve bondit du canapé, à la recherche de ses vêtements éparpillés.

Bang bang.

Griffin attrapa une couverture sur le dossier d'un fauteuil et la lui tendit pour qu'elle s'enveloppe dedans.

— Monte. Je m'en occupe.

— Qui c'est ?

— Sûrement ma famille. Je t'ai dit qu'ils étaient en ville.

— Oh. Je suis désolée. Tu dois avoir envie de passer du temps avec eux.

— Ha. Tu dis ça parce que tu ne les as jamais rencontrés. Crois-moi, je préfère passer mon temps avec toi.

Il déposa un baiser sur sa bouche.

— Va prendre une douche ou quoi. Je me débarrasse d'eux et je te rejoins.

Elle sourit.

— Prends ton temps. Je vais faire trempette dans cette piscine qui te sert de baignoire.

Elle fila, la couverture autour d'elle, et il attendit que ses pieds dans l'escalier soient hors de vue avant d'aller ouvrir la porte d'un mouvement vif.

Basile débola à l'intérieur, en soutenant Oncle Bernard. Un Oncle Bernard en sang.

— Qu'est-ce qui s'est passé, putain ?

Il dut faire appel à tout son self-contrôle pour ne pas hurler. Il ne voulait pas faire peur à Maeve.

— Je me suis fait tirer dessus, déclara Bernard avant de s'effondrer face la première.

CHAPITRE 17

Le regard de Maeve se posa sur la baignoire, puis de nouveau sur les escaliers qui menaient en bas. Elle ne doutait pas que Griffin se débarrasserait de sa famille pour la rejoindre. Mais cela ne lui semblait pas correct. Elle devrait rentrer chez elle et les laisser passer un peu de temps…

Un cri aigu lui fit couper l'eau pour écouter. Et si Griffin se trompait et que les ennuis l'avaient rattrapée ici ? Elle n'avait pas envie d'y faire face toute nue sous une serviette. Elle se dirigea vers son sac.

Elle tourna sur elle-même en entendant un bruit de pas assourdi. Griffin apparut en haut des escaliers, l'air paniqué, mais c'est le sang sur sa chemise qui lui fit écarquiller les yeux.

— Est-ce que ça va ? Qu'est-ce qui s'est passé ?

Elle se précipita vers lui et posa une main sur son torse.

— Je vais bien. Mais pas mon oncle.

Il se frotta la mâchoire.

— On lui a tiré dessus.

Elle en resta bouche bée, pleine de questions en tête. Plus tard. D'abord, elle avait une mission. Un serment à honorer.

— Je suppose que vous préférez qu'il n'aille pas à l'hôpital.

— En effet.

Plutôt que de porter un jugement, elle se comporta en médecin.

— Il me faut ma trousse, dans le coffre de ma voiture. J'ai laissé mes clés sur la table à côté de la porte, annonça-t-elle tout en fouillant dans son sac à la recherche de vêtements confortables.

— J'y vais.

Il descendit les escaliers et elle l'imita un instant plus tard, pieds nus, en pantalon de jogging et blouse, et elle se retrouva face à deux inconnus.

Un homme âgé, étendu par terre, aux cheveux d'un gris sombre, rayés de mèches toutes blanches. Un type plus jeune était agenouillé à ses côtés. Il croisa son regard.

— Vous devez être l'amie médecin de Griffin. Je m'appelle Basile. Ça, c'est mon père, Bernard.

— Appelez-moi Maeve. Qu'est-ce qui s'est passé ? demanda-t-elle en passant dans la cuisine pour se laver les mains.

— Il s'est fait tirer dessus.

Elle leva presque les yeux au ciel en s'essuyant les mains avec une serviette en papier.

— Bien sûr. Combien de fois ? Où ?

Elle avait très envie de demander qui avait tiré, mais elle se contenta des détails les plus pertinents pour le moment.

— Ce *trou du cul*[1] l'a eu dans le ventre. Pardon pour mon langage.

— Je dirais que c'est acceptable, vu les circonstances.

Elle se laissa tomber à genoux en face de Basile. Il avait ouvert la chemise de l'autre homme et comprimait la blessure.

Avec un peu de chance, Griffin serait vite de retour. Enfin, selon la gravité, peut-être que ça ne changerait rien. Elle ne transportait pas tout un bloc opératoire dans sa trousse de secours.

— Laissez-moi voir.

Elle fit signe à Basile de retirer sa main. Dès qu'il n'y eut plus de pression, la blessure se remit à saigner – pas à flot, ce qui était toujours bon signe. Et le sang était propre, il n'avait pas de mauvaise odeur, ce qui était aussi une bonne chose. Elle passa une main derrière son dos pour s'en assurer avant de dire :

— La balle est toujours à l'intérieur.

— Oui, et ça fait mal putain. Ces enfoirés utilisent de l'argent, souffla le blessé.

— Je ne pense pas que le matériau ait vraiment

d'importance. Ça ferait mal dans tous les cas, rétorqua-t-elle. Il va falloir la retirer.

— Allez-y, grogna Bernard.

— C'est le moment où je vous recommande d'appeler une ambulance. Ils pourront vous mettre sous perfusion, avoir une équipe qui vous attendra à l'hôpital, et préparer une salle d'opération pour vous.

— Qu'est-ce qu'ils feraient que vous ne pouvez pas faire ? demanda Bernard.

— Vous anesthésier.

— Bah. *'Tis but a flesh wound.*[2]

— Papa, *ce n'est pas le moment*[3], marmonna Basile.

— C'est toujours le moment de citer Monty Python. Et ne parle pas français devant la dame. C'est malpoli, gronda-t-il son fils.

— Ce n'est pas grave, intervint Maeve. J'en comprends un peu, on est très proches de la frontière québécoise.

— Basile, va me chercher un truc costaud. Les bouteilles que Griff cache au-dessus du frigo.

— Oui, papa.

Le jeune trentenaire se leva et partit vers la cuisine.

— Je doute que l'alcool fasse assez d'effet et assez vite pour vous aider, annonça-t-elle tout en examinant la blessure qui saignait lentement.

Normalement, c'était un signe inquiétant, mais le blessé était toujours conscient et s'exprimait avec cohérence. Il parvint même à sourire quand Basile revint avec une bouteille dans chaque main.

— Ah, le bourbon.

Bernard tendit la main pour s'occuper lui-même de l'alcool, mais Basile s'agenouilla et l'aida à se soulever suffisamment pour qu'il parvienne à boire.

Bernard était au milieu d'une gorgée quand Griffin réapparut en compagnie de Wendell, qu'elle avait rencontré plus tôt dans la journée, un employé bien plus aimable que le garçon qui l'avait envoyée bouler la veille.

Wendell blêmit en avisant Bernard sur le sol. Il balbutia :

— Qu'est-ce que t'as été foutre comme connerie, Bernie ?

Ce fut Basile qui répondit :

— Il a voulu se servir de son corps comme bouclier.

— Bah. Vaut mieux que ce soit moi qui prenne la balle que le mec qui a quatre gosses.

Maeve regarda Griffin qui se hâta de lui apporter son sac. Elle en sortit une bouteille d'antiseptique.

— Ça va piquer, prévint-elle avant de verser le liquide sur la blessure.

Bernard grimaça.

— J'ai connu pire.

— Tu te rappelles cette fois où tu t'es écorché tout le flanc gauche sur la route parce que tu trouvais qu'il faisait trop chaud pour porter du cuir ?

Wendell s'assit par terre et s'occupa de distraire Bernard pendant que Maeve examinait la blessure. Sans qu'elle ait besoin de demander, Griffin lui tendit les pinces qui se trouvaient dans son sac. Elle farfouilla dans les chairs et Bernard inspira d'un coup sec. Mais il répondit quand même :

— J'aurais réussi à prendre le virage sans cette idiote de tortue qui traversait la route.

— Tu as préféré avoir un accident plutôt que de renverser une tortue ? s'exclama Basile.

— C'est parce que j'ai roulé sur la tortue que j'ai eu l'accident, avoua Bernard à contrecœur.

— Le karma, déclara Wendell.

— Le karma, c'est la soupe de tortue que je me suis faite après.

En entendant ça, Maeve faillit lâcher la balle qu'elle venait d'extraire. Enfin, elle avait déjà vu et entendu pire. Ce que les gens faisaient à leurs corps…

— Ah, ça va mieux. Ça brûle, l'argent, putain.

Bernard se redressa et elle se jeta sur lui pour le maintenir.

— Allongez-vous. Ce n'est pas terminé.

— Comment ça, pas terminé ? La balle est sortie.

— Je ne vous ai pas encore recousu.

Bernard leva les yeux au ciel.

— Bah, mettez un sparadrap dessus. Ça ira bien.

— Je vois que la stupidité, c'est de famille, marmonna-t-elle à l'intention de Griffin.

Mais les trois hommes l'entendirent et pouffèrent de rire.

— On est juste plus coriaces que la moyenne, dit Bernard avec un clin d'œil. Plus endurants, aussi. Mais je parie que vous vous en êtes déjà rendu compte.

Cela fit rosir ses joues.

— Vous devriez vraiment aller à l'hôpital, ne serait-ce que pour faire une radio et une échographie, pour s'assurer qu'il n'y a pas d'hémorragie interne.

— Ça va guérir très bien. Donnez-moi un bon lit, quelques gorgées en plus de ce bourbon, et je dormirai comme un bébé chiot. Et je serai comme neuf au réveil.

En dépit de ses protestations, Basile aida son père à se relever.

— Merci, Docteur.

— Oui, merci. Il est temps de se remettre au travail, déclara Bernard.

— Il faut vous reposer, protesta Maeve.

— Le repos, c'est pour les vieux, renifla Bernard.

— On *est* vieux, rétorqua Wendell.

— Je vais le conduire à l'hôtel et m'asseoir sur lui pour qu'il ne bouge pas, proposa Basile.

Mais Wendell secoua la tête.

— Pas la peine d'attirer l'attention. Il va venir dormir chez moi. Comme ça, tu peux rejoindre tes frères.

Des frères qui n'étaient pas là, et Maeve se

demandait bien ce qu'ils faisaient. Elle ne put s'empêcher de jeter un regard à Griffin, qui s'était aussi fait tirer dessus récemment. Dans quoi est-ce qu'elle s'était fourrée ?

Était-il trop tard pour en sortir ? D'après les films qu'elle avait vus sur la mafia, probablement.

— Je veux pas dormir chez toi, grogna Bernard.

Wendell caqueta comme un poulet, un son si improbable qu'ils le fixèrent tous, mais ce fut Bernard qui s'agita avec malaise. Est-ce qu'il était en train de rougir ?

— D'accord. Je viens dans ton appart immaculé, parce que je suis sûr que tu es encore plus maniaque qu'avant, décréta Bernard de mauvaise grâce.

— Tu pourrais être surpris d'apprendre que j'ai changé.

— Ah oui, souffla Bernard. Je parie que tu fais toujours la vaisselle après chaque repas.

Alors qu'ils passaient la porte, Maeve entendit Wendell répliquer :

— Pour éviter les mouches. C'est dégueu, les mouches.

Basile se passa une main dans les cheveux.

— Heureusement que Wendell s'en occupe, parce que je doute qu'il m'ait écouté.

Maeve s'empara de l'occasion :

— Qu'est-ce qui s'est passé ? Comment il s'est fait tirer dessus ?

Plutôt que de répondre, Basile jeta un regard à Griffin qui murmura :

— Va voir tes frères. Je m'en occupe.

C'est-à-dire qu'il s'occupait de Maeve. Elle croisa les bras et le fusilla du regard tandis que Basile s'en allait.

— Qu'est-ce qui se passe ? exigea-t-elle.

— Ça ne va pas te plaire.

— Ça ne me surprend pas. Ça ne peut pas être bien pire, hein ? Ton oncle s'est fait tirer dessus. Ça a un rapport avec moi et ce putain de carton, encore, hein ?

— Oui. Et non.

Il fourra les mains dans ses poches et se mit à tourner en rond.

— C'est compliqué.

— Et si tu essayais de m'expliquer ?

— Je ne peux pas.

— Parce que tu es dans la mafia.

Il ne nia pas, et elle poussa un gros soupir.

— C'est dingue, ça. Je rencontre enfin un mec auquel je n'arrive pas à arrêter de penser, qui est super bon au lit, et bam, c'est un criminel.

— Pas comme tu le penses. Je ne passe pas mon temps à tirer sur des gens, les cambrioler ou les terroriser.

— Mais ton monde est lié à des gens qui le font. Et mon père en faisait partie.

Elle marcha jusqu'à la console et aux patères, elle

récupéra son sac à main mais ne vit pas ses clés sur la table.

— Mes clés, s'il te plaît.

Elle tendit la main.

— Chérie, ne pars pas. On peut parler.

— Pour dire quoi, au juste ? Je ne veux pas être mêlée à ce bordel dans lequel tu es fourré. C'est simple.

Ça ne l'était pas, en réalité, parce que cela briserait quelque chose en elle de quitter un homme qui la faisait se sentir aussi bien.

— Ce n'est pas toujours comme ça. Pour tout dire, c'est la première fois que ça dérape comme ça. Et ça sera bientôt fini.

— Fini comment ? Avec une autre fusillade ? Un mort ? J'arrête là.

— Où est-ce que tu comptes aller ? Tu ne peux pas rentrer chez toi. Tu es toujours en danger.

— Je trouverai quelque chose. Ça n'est pas ton problème. Mes clés.

Elle agita ses doigts dans sa direction. Tendu, avec des gestes saccadés, il laissa tomber les clés dans sa paume.

— Si tu as besoin de moi, envoie-moi un SMS. Ou appelle-moi. Je viendrai.

— Je peux me débrouiller seule. Et ça veut dire que tu ne dois pas m'espionner.

Il pinça les lèvres.

— Je ne te ferais jamais de mal.

— Peut-être pas intentionnellement.

Cette pique légère lui coupa le souffle. Elle se mordit l'intérieur de la joue plutôt que de s'excuser, car elle ne pensait pas vraiment qu'il lui ferait du mal. Il avait toujours été ultradoux. Pénible, oui, mais aussi gentil et charmant.

La véritable façon de tester son caractère, c'était de voir s'il la laissait partir.

Il n'avait pas intérêt d'essayer de la forcer à rester.

Elle descendit les escaliers, seule, et tapa le code pour quitter le bâtiment via la porte qui donnait sur la ruelle. Il lui avait aussitôt donné les accès. Il lui avait accordé sa confiance sans aucune réticence.

Elle, par contre, ne pouvait pas tout à fait en faire autant. Il avait un secret. Un gros secret. Elle refusait d'être la pauvre idiote qui ne voulait pas voir. Elle méritait mieux que ça.

Alors pourquoi son cœur se serrait-il ainsi en constatant qu'il ne la suivait pas, ne disait rien, la laissait juste partir comme ça ? Une part d'elle avait sincèrement cru qu'il protesterait.

Sa voiture était toujours garée dans l'allée, dans une zone bien éclairée, avec une caméra juste au-dessus. Était-il en train de l'observer ? Elle savait qu'il avait plusieurs ordinateurs de configurés pour ça dans le coin bureau de sa chambre.

Elle ne regarda pas vers la lentille, en grande partie parce que sa nuque la picotait. Elle était observée. Dès qu'elle fut assez proche de sa voiture, elle appuya sur le bouton pour la déverrouiller et se hâta de se glisser derrière le volant. Elle enclencha la fermeture centralisée avant de démarrer.

Pour une raison ou une autre, elle continua à regarder dans son rétroviseur alors qu'elle avançait lentement vers la sortie de la ruelle. Il ne se précipita pas pour la rattraper et lui demander de revenir.

Bon débarras.

Connard.

Heureusement, Brandy avait chez elle le meilleur parfum de glace à manger en se plaignant que les mecs étaient tous des connards.

CHAPITRE 18

— NE QUITTE TON POSTE SANS AUCUNE RAISON, gronda Griffin au téléphone à l'intention d'Ulric qui venait d'enclencher la filature de Maeve.

Il ne pouvait lui en vouloir d'être partie. Elle s'était retrouvée projetée dans une situation dangereuse dont elle n'était pas responsable, et Griffin s'était révélé incapable de l'en écarter. Peut-être qu'il valait mieux qu'elle mette un peu de distance entre eux, parce que le problème avec Antonio ne s'arrangeait pas.

Tout à l'heure, en se basant sur une intuition, les cousins et son oncle étaient partis à la recherche du fauteur de troubles venu de Toronto.

— *Tu as un rat dans ta Meute,* avait affirmé Oncle Bernard.

— *Mes gars sont loyaux,* avait rétorqué Griffin, *juste avant de se souvenir de celui qu'il venait de virer.*

Bernard le lui fit remarquer avant qu'il puisse se corriger.

— *Pas tous. Tu as viré quelqu'un de la Meute le jour où ta toubib est venue ici. Le jour où son carton a disparu.*

Griffin n'avait pas besoin que son oncle lui rappelle le reste, mais il trouvait quand même ça bizarre.

— *Lonnie n'a pas pu voler le carton, c'est lui qui lui a dit de se barrer.*

— *Et elle a quitté la boutique juste après. Est-ce qu'elle est rentrée directement chez elle après ça ?*

— *Non. Elle s'est arrêtée à l'épicerie au coin.*

Devant laquelle Lonnie aurait pu passer en rentrant chez lui après s'être fait virer. Avait-il volé le carton ?

Les probabilités étaient suffisantes pour que les cousins de la campagne se mettent à chercher dans cette direction. Ils étaient allés rendre visite à Lonnie dans son appartement en sous-sol et l'avaient trouvé mort : attaché à une chaise et torturé. Ils avaient aussi trouvé ce qui restait de l'emballage du colis, déchiré, mais où ils avaient quand même été capables de lire l'adresse de Maeve. Les photos étaient éparpillées, beaucoup avaient été piétinées, certaines déchirées, mais la plupart encore en assez bon état pour qu'on puisse y reconnaître Russel, l'Alpha décédé de Toronto.

L'appartement avait visiblement été fouillé. Les tiroirs sortis et renversés, le matelas retourné. Mis à sac, mais pourquoi ?

Basile avait retrouvé le téléphone de Lonnie et

heureusement, le cadavre n'était pas encore trop rigide et l'empreinte digitale avait fonctionné. Les SMS l'incriminaient. Cela faisait des mois que Lonnie conversait avec quelqu'un qu'il appelait Grand Chien, bien avant qu'il vienne supplier Griffin de lui faire une place dans sa Meute.

Un espion. Un agent double.

Griffin bouillonnait intérieurement de colère et de honte, parce que c'était lui qui avait laissé entrer cet enfoiré.

Le pire SMS ? Grand Chien qui demandait : *Où sera ton A ce soir ?* Lonnie avait aussitôt répondu avec le nom du bar où Griffin s'était rendu la nuit où il s'était fait tirer dessus. Ce salopard lui avait tendu un piège.

Après l'échec de cette tentative de meurtre, Lonnie avait continué à essayer de tenir Grand Chien au courant des déplacements de son Alpha, mais Griffin n'avait parlé à personne de Maeve.

Mais Lonnie avait envoyé un texto à Grand Chien pour lui parler de la toubib qui s'était arrêtée à la boutique pour voir Griffin. Grosso modo, Lonnie avait aussi orchestré l'agression dont elle avait été victime chez elle.

Ce n'était pas tout. Une heure plus tard, Lonnie avait de nouveau envoyé un message à Grand Chien, lui disant d'amener tout l'argent parce qu'il avait ce que l'autre voulait. Et puis cet idiot avait attendu là. Cela lui avait coûté la vie et ne laissait plus qu'une seule question : les assassins de Lonnie avaient-ils trouvé ce qu'ils cherchaient ? Ils avaient fouillé son appartement et il était impossible de savoir s'ils avaient obtenu ce qu'ils voulaient.

Les cousins avaient ramassé les photos, mais n'avaient touché à rien d'autre et avaient préparé la scène pour les flics, avec quelques sacs vides qui sentaient la beuh. Vu là où il travaillait, la police penserait que c'était un employé d'une boutique qui vendait du cannabis qui s'était monté un petit business sur le côté. Il aurait perdu la vie dans un deal qui avait mal tourné.

Après avoir créé la couverture parfaite, les cousins étaient sortis de l'appartement et c'est là qu'on avait commencé à leur tirer dessus au fusil, et qu'ils avaient dû prendre la fuite. Bernard avait joué les paternels héroïques en se jetant devant son fils, récoltant une balle au passage. Basile s'était occupé de lui en le ramenant chez Griffin, mais Baptiste et Benoît s'étaient élancés derrière le tireur, comme s'il avait pu échapper aux loups sur deux jambes. Ils l'avaient coincé dans une ruelle, l'avaient assommé, et avaient attendu là, conscients que les flics arriveraient bientôt.

La police était passée en voiture en roulant lentement, avec le gyrophare, mais sans la sirène, et ils avaient tourné dans une autre rue en ne voyant personne dans celle-ci.

Une fois le terrain dégagé, les cousins avaient

ramené le tireur dans l'appartement de Lonnie pour l'interroger, un interrogatoire auquel il ne survivrait pas. Il ferait partie de la scène de crime, pas juste parce que ce qu'il avait fait était impardonnable, mais aussi pour l'empêcher de parler.

Pour l'instant, les cousins le détenaient pour Griffin. Ce n'était pas son idée d'une soirée sympa, mais comme Maeve était partie – protégée par Ulric – cela lui permettrait de passer sa frustration sur quelque chose. Il fallait que cette affaire avec Antonio se termine.

Il sortit de chez lui pour rejoindre ses cousins.

La rue semblait tranquille, mais il ne se gara pas juste devant l'appartement de Lonnie. Les gens avaient tendance à remarquer les voitures qu'ils ne connaissaient pas. Il sortit avec sa capuche sur le front, les mains dans les poches, les épaules courbées. Juste un type comme un autre.

Les fenêtres de Lonnie étaient bloquées par les stores, et seule une lueur diffuse passait les fentes. Griffin frappa deux coups à la porte, attendit, et frappa deux coups de plus.

Basile ouvrit.

— Je suis surpris de te voir. Je pensais que tu resterais avec la toubib.

— Pas évident, vu qu'elle m'a quitté.

Cet aveu lui tira une moue.

— Apparemment, les gens qui se font tirer dessus, c'est sa limite.

— Bah, y a des tas d'autres gonzesses en ville, déclara Baptiste, accroupi à côté de l'homme attaché à la chaise.

De Lonnie, il n'y avait nul signe.

— Alors, qui est-ce qu'on a là ?

Griffin retira sa veste et remonta ses manches.

— Angus Gershen. Il est d'ici. Il vient de sortir de taule pour cambriolage à main armée. Il a aussi quelques plaintes pour violences conjugales. Vraiment le bon numéro.

— Tu ferais mieux de me laisser partir, Ducon. Ça ne va pas plaire à l'Alpha.

L'homme montra les crocs. Il avait une odeur de bête sauvage. Une recrue récente, à en juger par la marque de morsure rouge sur son bras. Il se serait transformé à la prochaine lune, s'il avait encore été là pour la voir. Ça ne serait pas le cas, et le monde ne s'en porterait que mieux.

Griffin se planta devant lui.

— Tu as raison, ça ne plaît pas du tout à l'Alpha de cette ville.

Il fit étinceler ses yeux ce qui lui valut l'attention d'Angus. La bouche de celui-ci s'arrondit.

— Tu es l'un d'entre nous.

Griffin retroussa les lèvres.

— Je n'ai rien à voir avec cette pauvre merde qui t'a transformé.

Griffin jeta un coup d'œil à ses cousins, assis sur

le plan de travail derrière la chaise, les jambes dans le vide.

— Je déduis du nez cassé et des yeux au beurre noir qu'il n'a pas voulu nous donner la cachette d'Antonio ?

— Vous ne le trouverez jamais, déclara Angus avec satisfaction.

— On sait déjà où est ce connard, rétorqua Benoît. Cet abruti de Lonnie a enregistré l'adresse sur son téléphone. Si on t'a secoué, c'est parce que tu as tiré sur notre paternel.

— Attends, vous savez où Antonio se cache ? demanda Griffin en agitant la main. Alors pourquoi on perd notre temps ? Finissons ça, et allons lui faire sa fête.

— Oui, patron.

Griffin tourna le dos aux balbutiements qui s'interrompirent de façon abrupte. Ils étaient toujours grands et courageux quand ils étaient en position de dominer les faibles. Mais dès qu'ils faisaient face à une menace plus grande qu'eux, soudain, ils voulaient qu'on leur montre la miséricorde dont ils n'avaient jamais fait preuve.

Que dalle. Il n'y avait pas de place dans sa ville pour les enfoirés. Il était un croisé en fourrure. Un justicier masqué. Dexter, en mieux coiffé, et avec un style bien plus cool.

Les cousins réarrangèrent la scène de crime avec

le nouveau cadavre et, quand ils eurent terminé, Griffin les regarda et dit :

— Je vais démonter le connard qui pense pouvoir faire la loi dans ma ville. Qui est avec moi ?

Tout le monde, bien sûr. Il était temps d'en finir avec Antonio.

CHAPITRE 19

Le bac de glace façon brownie était exactement ce qu'il fallait, mais cela ne suffit pas à soigner la peine de cœur de Maeve. La téquila non plus, mais le joint qu'elle fuma après s'être fait porter pâle au travail l'aida à se détendre sur le canapé de Brandy.

Comme elle n'était pas d'humeur à gérer des gens, Brandy et elle mirent au point un plan pour le lendemain. Ça commençait avec des mimosas pour accompagner des pancakes aux pépites de chocolats, suivi d'un marathon *Bridgerton* avec pizzas quand elles auraient faim.

Est-ce que la bouffe et une série historique à l'eau de rose suffiraient à chasser sa tristesse ? Probablement pas. Mais c'était mieux que rien. Griffin lui manquait déjà. Un homme qu'elle connaissait à peine et qui ne lui avait apporté que des ennuis – et du sexe génial. La réaction de Brandy quand elle lui avait tout raconté n'avait pas aidé.

— *Tu es partie ? Bon sang, ma fille, un mafieux sexy et amoureux, c'est un truc dont on rêve toutes.*

— *Je ne veux pas d'une vie de violence.*

— *Dit la meuf qui travaille en plein dedans.*

— Exactement, s'exclama Maeve.

— *Je pensais plus que tu étais la mieux équipée pour ça. Non seulement tu ne t'évanouiras pas en voyant des blessures par balles, mais tu peux les soigner. Tu pourrais être la chirurgienne de la mafia.*

Brandy étendit les mains devant elle avec une mine jubilatoire.

— *Tu pourrais faire graver ça sur ta plaque.*

— *On dirait que tu as envie que les flics m'arrêtent.*

— *Je t'en prie. La plupart des mafieux ne voient jamais l'intérieur d'une cellule. Et en tant que copine du patron, tu finirais sûrement sous les Tropiques si les flics se rapprochent de trop.*

Parler à Brandy lui fit se demander si elle n'avait pas surréagi. Aurait-elle dû faire des recherches sur les petites amies et les épouses de mafieux, pour voir ce qu'il leur arrivait ? Est-ce qu'elle se serait vraiment sentie mieux après ? Elle s'était endormie en se posant la question, et une sonnerie tonitruante la tira du sommeil.

Brandy déboula hors de sa chambre et Maeve faillit tomber du canapé. OK, pas « faillit ». Elle atterrit à quatre pattes.

— Qu'est-ce qui se passe ? grommela-t-elle en se redressant.

Brandy cala une main devant sa bouche, mais cela ne suffit pas à dissimuler son bâillement.

— Alarme incendie.

Arf. Sa lenteur de réaction était sans doute à mettre sur le compte de l'alcool. Maeve renifla.

— Je ne sens pas de fumée.

— Parce qu'il n'y a sûrement pas d'incendie. Ce truc s'allume tout le temps, ce qui veut dire que je connais la musique. Il faut qu'on sorte.

Brandy farfouilla parmi les vêtements à la patère pour prendre un pull.

— Pourquoi il faut qu'on sorte s'il n'y a pas le feu ?

L'idée de quitter l'appartement bien chauffé pour sortir dehors dans le froid ne lui plaisait guère. Brandy soupira :

— Parce que, comme on me l'a expliquée la dernière fois que je me suis plainte, peut-être que cette fois c'est pour de vrai, et ça fout vraiment le chef des pompiers en rogne quand les gens n'évacuent pas. Ne me demande pas comment je le sais.

— Combien de temps on va devoir sortir ?

Maeve attrapa sa veste et glissa ses clés et son téléphone dans une poche avant d'enfiler ses chaussures.

— Ça dépend à quel point ils sont occupés. Le plus long que j'ai dû attendre c'était, genre, trente minutes. En général, ça va vite.

Elles sortirent et rejoignirent les autres gens dans

le couloir qui étaient en train d'avancer vers les escaliers. Brandy vivait dans un immeuble de quatre étages, avec quatre appartements par étage. Ça faisait une petite foule qui attendait sur le trottoir, les bras croisés pour se réchauffer, ou en train d'étreindre d'autres gens. Il n'y avait pas encore de gyrophares en vue.

Le froid força Maeve à fermer son manteau et le boutonner.

— J'espère que ça n'arrive pas trop souvent en hiver.

— Une fois, c'est déjà de trop, grogna Brandy.

Maeve frissonna.

— On devrait aller attendre dans ma voiture. J'ai pris mes clés.

Elle les secoua.

— On peut…

Bang, bang.

Les gens se mirent à hurler et se dispersèrent en entendant les coups de feu. Maeve et Brandy comme les autres. Cette dernière attrapa la main de son amie et la tira dans la rue. Les coups de feu ne s'arrêtèrent pas, et leurs pieds non plus. Maeve fit de son mieux pour ne pas entendre les cris aigus des personnes qui étaient potentiellement blessées. En cet instant, elle n'était pas médecin, mais survivante. Elle n'aiderait personne si elle se faisait tirer dessus elle aussi.

Elle et Brandy se faufilèrent entre deux bâtiments, la respiration haletante, le cœur battant, apeurées.

Maeve sortit son téléphone de sa poche, heureuse de l'avoir emporté avant de descendre. Elle ne savait pas si la fusillade était liée à sa situation, mais juste au cas où, elle ne voyait qu'une seule personne qu'elle pouvait appeler à l'aide.

Griffin répondrait-il ? Il dormait sûrement, et même si son téléphone le réveillait, est-ce qu'il en aurait quelque chose à faire ? Elle l'avait quitté.

Les yeux rivés sur l'écran, elle ne remarqua pas que quelqu'un les avait rattrapées, Brandy et elle, jusqu'à ce qu'il ordonne d'une voix traînante :

— On lâche le tél., Doc.

— Qui êtes-vous ? s'exclama Brandy alors que Maeve le contemplait.

Un homme, la vingtaine, peut-être début de la trentaine. Beau gosse, blond, massif, et même si lui ne semblait pas armé, les types qui le flanquaient tenaient des flingues.

Maeve répéta la question de Brandy :

— Qui êtes-vous ?

— Antonio. Ton cousin de Toronto.

Cette déclaration lui glaça le sang, parce qu'elle n'avait pas l'impression qu'il s'était lancé à sa recherche pour une sympathique réunion familiale. Ça devait être pour le colis.

— Qu'est-ce que tu veux ?

— Je déteste avoir à me répéter, mais puisque tu es ma cousine, je vais te demander gentiment encore une fois : Lâche. Le. Putain. De. Téléphone.

Il y avait une menace dans son sourire.

— Bon, et si je le posais doucement, vu que j'ai pas fini de le payer ?

La réponse ironique lui vint alors qu'elle s'agenouillait en appuyant l'air de rien sur le bouton appel. Elle posa l'appareil face contre l'asphalte. Elle se releva, les mains tendues devant elle pour montrer qu'elle n'avait pas d'intention violente.

— Comme si ça changeait quelque chose que l'écran soit brisé. Je doute qu'il dure cinq minutes une fois qu'on sera partis.

Ce qui sous-entendait qu'ils ne lui laisseraient pas quitter la ruelle avec.

— Qu'est-ce que vous voulez de moi ? Et laissez-moi vous dire tout de suite : je n'ai pas le carton, déclara Maeve avant que les choses ne s'enveniment davantage.

Son sourire était plat, en grande partie à cause de la lueur glacée dans son regard.

— Je sais que tu ne l'as pas, parce que la dernière fois que je l'ai vu, c'était chez Lonnie. Cet abruti l'a volé sans s'assurer que le grimoire était toujours à l'intérieur. Ce n'est pas le cas, ce qui veut dire que c'est toujours toi qui l'as. File-le-moi, et on te laissera vivre.

Maeve ne doutait pas qu'il la tuerait. Elle n'avait pas ce qu'il cherchait, après tout.

— Qu'est-ce que vous entendez par grimoire ? Parce que pour moi, c'est un vieux livre en cuir, avec des pages jaunies et calligraphiées. Je n'ai clairement rien vu de tel dans le colis.

— L'extérieur pourrait être plus moderne, plastifié, mais ce qui se trouve derrière la couverture protectrice est vieux et unique. Et je le veux. Où est le classeur ?

Cette clarification permit à Maeve de répondre aussitôt :

— Je ne l'ai pas.

— Mais tu l'as vu, déclara Antonio.

Si elle prétendait que non, cela empirerait-il les choses ?

— Oui. C'était avec les autres affaires qu'il m'a envoyées, mais ça a disparu en même temps que le colis.

— Ne mens pas. Où est-ce qu'il est ?

— Je vous l'ai dit, je n'en sais rien.

Antonio leva la main et fit signe à un de ces hommes de se rapprocher.

— Il va être temps de te délester de quelques doigts. On commence par la main gauche ou la droite ?

Maeve coinça ses mains dans son dos.

— Je ne mens pas. Je ne sais vraiment pas où il est. La dernière fois que je l'ai vu, c'était le matin où j'ai rangé le classeur et les photos dans le carton, avant de le mettre dans le coffre de ma voiture. Et puis je suis allée au travail. À mon retour le soir, il n'était plus là.

— À qui tu l'as donné ?

— Personne, souffla-t-elle. Je ne sais pas où il est.

— On va commencer avec le pouce. Je trouve toujours ça plus satisfaisant que le petit doigt, commenta Antonio à voix haute.

Il fit cette remarque horrible avec une telle nonchalance que Maeve faillit en perdre le contrôle de sa vessie. Brandy la poussa de côté et se plaça devant elle pour s'exclamer :

— Elle ne l'a pas !

— Et comment tu sais ça ? demanda Antonio en tournant son regard de reptile vers elle.

— Parce que je l'ai pris.

— Ne mens pas pour moi, supplia Maeve.

Elle ne voulait pas voir souffrir sa meilleure amie.

— Je ne mens pas. Je l'ai vraiment pris dans ton coffre.

— Quand ?

— Au boulot, mercredi, pendant ma pause. J'ai toujours ton double depuis que tu m'as prêté ta voiture pour que je puisse emmener ma mère chez le médecin quand la mienne était au garage.

Ça expliquait comment elle avait ouvert la voiture, mais ça imposait une question bien différente :

— Pourquoi ?

— Parce que quand tu m'en as parlé, ça m'a rendue curieuse.

Elles avaient eu cette conversation en buvant le café dégueu de l'hôpital avec des beignets rassis.

— Tu l'as passé à la broyeuse ? demanda Maeve qui se souvenait avoir pensé que c'était peut-être la meilleure chose à faire.

— Bon sang, non. Je veux dire, ça avait l'air vieux, et ton père pensait clairement que c'était important, sinon il ne l'aurait pas gardé.

— Alors il est toujours intact, intervint Antonio. Où est-il ? Chez toi ?

— Non. Je l'ai donné à quelqu'un qui pourrait le traduire pour Maeve.

Avant que celle-ci puisse réagir, Antonio agrippa Brandy et la projeta contre le mur. Il vint coller son visage tout contre le sien et siffla :

— Où est-ce qu'il est ?

Son intensité était flippante. Et tout ça pour quoi ? En quoi un tas de vieux papiers pouvaient-ils être aussi importants ?

— C'est Schnape qui l'a. Jordan Schnape. C'est un prof d'université.

La posture d'Antonio ne perdit rien de son côté menaçant.

— On va aller trouver ce prof, on va lui demander qu'il nous rende le livre, ou bien vous allez toutes les deux vous retrouver avec quelques abattis en moins. C'est bien clair ?

Brandy hocha la tête.

— Pas de souci. Je sais où il vit. Au numéro 666

sur la Haelstrom Avenue. C'est légèrement hors de la ville. Il faut prendre l'autoroute 417 et sortir à Carp. Là, il faut prendre au nord aux premiers réverbères. Tourner à gauche. À moins que vous ayez faim, auquel cas il faut s'arrêter manger au Chat du Cheshire. S'ils sont ouverts. Ce qui risque de ne pas être le cas à cette heure-ci. Mais vous devriez vraiment y retourner à un moment où il fait jour, si vous en avez l'occasion.

Maeve contempla son amie qui babillait. La peur pouvait donner de drôles de réactions aux gens.

Le rictus sur le visage d'Antonio faisait mal.

— En voiture. Essayez quoi que ce soit, et mes hommes vous descendent. Compris ?

Maeve et Brandy hochèrent la tête toutes les deux, la seconde en tenant ses mains à l'écart de son corps pour montrer sa bonne volonté. Maeve fronçait les sourcils, en partie pour dissimuler la colère qu'elle ressentait envers elle-même. Elle se sentait idiote d'avoir quitté Griffin. Les secrets qu'il gardait la mettaient peut-être en rage, et pourtant, il l'aurait défendue contre Antonio et aurait tenu Brandy loin des ennuis.

Mais non, Maeve avait laissé son sens d'une certaine supériorité morale mettre son amie en danger. Parce que, clairement, elle refusait de rendre Brandy responsable de tout ceci. C'était Antonio qui en portait le blâme parce qu'il était dingue et voulait un vieux livre à la con. Elle aurait dû brûler ce carton dès qu'elle s'était rendu compte d'à qui il appartenait.

Brandy et Maeve furent escortées jusqu'à un gros SUV avec trois rangées de sièges. On les fit s'asseoir au milieu, prises en sandwich par les muscles et leurs flingues.

Alors qu'elle se blottissait à côté de Brandy sur la banquette, elle se demanda comment son amie faisait pour avoir l'air aussi calme. Quelques minutes auparavant, elle avait été incapable d'arrêter de parler.

— Ça va ? chuchota Maeve.

— Pas vraiment. Il faut vraiment que je pisse. Et je crois qu'il faut que je change mon tampon. Tu n'en as pas sur toi par hasard ? Ou peut-être des mouchoirs en papier que je pourrais fourrer dans ma culotte ?

Ce déluge de mots très orienté filles fit tourner le nez aux hommes dans le SUV, si bien qu'ils ne remarquèrent pas Brandy faire glisser le téléphone qu'elle tenait dissimulé dans sa manche et en montrer l'écran à Maeve.

CHAPITRE 20

Le raid à l'adresse trouvée sur le téléphone de Lonnie se révéla vain. Antonio y vivait peut-être, mais il semblait être sorti avec son gang pour le moment. Un gang de six membres, d'après Angus, plus quelques ratés en plus – ainsi qualifiés, car la morsure n'avait pas fonctionné sur eux.

Griffin se demandait où l'enfoiré était parti, et quel bordel il était en train de faire.

Il eut son premier soupçon des soucis via un texto d'Ulric. *L'alarme incendie s'est déclenchée dans l'immeuble de ta copine et son amie. Plein de gens qui sortent.*

Griffin répondit : *Reste dans le coin et tiens-moi informé.*

Probablement rien, et pourtant, son ventre se serra.

— Il faut que j'y aille, dit-il à ses cousins qui étaient en train de fouiller dans une valise qu'ils avaient trouvée et jetaient des vêtements à droite et à gauche.

— Un problème ? demanda Benoit avant de lui balancer un slip blanc.

Griffin évita le projectile et marmonna :

— Je ne sais pas. L'alarme incendie s'est déclenchée dans le bâtiment où se trouve Maeve.

Baptiste jeta un coup d'œil à ses frères, qui se tournèrent tous pour contempler Griffin.

— On vient tous.

Benoît ajouta :

— C'est pas plus mal. Y a que dalle ici.

Ils s'entassèrent dans les deux voitures et repartirent de la zone de l'aéroport vers Barrhaven, là où vivait Brandy.

Griffin envoya un SMS à Ulric pendant que Basile roulait : *Comment vont les filles ?*

Pas de réponse.

Ça ne voulait rien dire. Il devait y avoir du bruit.

Son téléphone sonna et il décrocha sans regarder le numéro. Personne ne dit allô, même s'il aurait juré entendre des voix. Un appel par erreur d'un téléphone dans une poche ? Il jeta un coup d'œil à l'écran, vit qui c'était, et poussa un juron. Maeve appelait, mais elle ne parlait pas. Il tendit l'oreille mais n'entendit que des murmures, et une voix masculine.

Cela éveilla sa jalousie. Il eut envie de hurler, de lui faire savoir qu'il écoutait. Mais si le numéro ne s'était pas composé par erreur ? Si elle l'appelait à l'aide et n'était pas en position de parler ? Il ferait mieux d'évaluer la situation avant de réagir par jalousie.

Il colla le téléphone avec force contre son oreille, mais il n'entendait plus rien. Le murmure de voix avait cessé, la ligne tournait dans le vide. Maeve avait-elle abandonné son téléphone ?

Peut-être qu'elle l'avait fait tomber ? Il pinça les lèvres. Il mit fin à l'appel, attendit trente secondes qui s'éternisèrent, et rappela. Cela sonna, sonna, et il atterrit sur le répondeur.

Il recommença, pour le même résultat. Basile accéléra. En arrivant, ils trouvèrent les gyrophares de voitures de police, garées à côté d'un camion de pompiers. Ils se stationnèrent en double file à une rue de là, pour observer.

— Qu'est-ce qui s'est passé, à ton avis ? demanda Basile.

— Je vais le découvrir.

Griffin s'extirpa de la voiture et avança sur le trottoir où il se mêla à la foule de gens qui sortaient de leurs maisons pour jouer les badauds.

Les mains fourrées dans ses poches, il écouta et saisit des bribes :

— J'ai entendu, genre, une centaine de coups de feu. Ça n'arrêtait pas. Il a dû y avoir des douzaines de morts.

— J'arrête pas de dire à ma femme qu'il faut qu'on déménage. Le quartier a beaucoup changé.

— Personne n'a été touché. J'ai vu le type. Il tirait en l'air. La nana qui s'est mise à hurler est tombée et s'est éclatée le genou. On aurait dit que c'était la première fois qu'elle voyait du sang.

Alors que Griffin approchait de la zone la plus dense, il repéra un visage familier. Il rejoignit Ulric et murmura :

— Suis-moi.

Ils se déplacèrent jusqu'à un endroit où on pouvait s'entendre.

— Qu'est-ce qui s'est passé ?

— Je n'en suis toujours pas certain, s'exclama Ulric. D'abord, l'alarme de l'immeuble se déclenche et les gens commencent à sortir. Rien de méchant. J'ai vu ta toubib et sa copine sur le trottoir. Mais ensuite, quelqu'un s'est mis à tirer.

— Tu t'es élancé derrière le tireur.

C'était davantage une affirmation qu'une question.

Ulric hocha la tête.

— L'enfoiré est monté dans un pick-up avant que je puisse le choper.

La question la plus importante :

— Où est Maeve ?

Ulric prit une expression chagrinée.

— Je l'ai perdue. Elle et son amie. Elles se sont

mises à courir à cause des coups de feu, et j'ai eu beau chercher, je ne les ai pas retrouvées.

Le téléphone de Griffin vibra dans sa poche. Il le sortit vivement et faillit le ranger aussitôt en voyant que le message était de Billy. Mais il le lut et poussa un juron.

Brandy avait envoyé un SMS à l'inspecteur pour lui dire qu'elle et Maeve avaient été kidnappées, et lui donnait l'adresse de là où elles allaient.

— Viens, il faut qu'on y aille.

— Où ça ? demanda Ulric. Quelqu'un les a trouvées ?

— C'est Antonio qui les a. Mais on a de la chance. On sait où ils vont.

Il fallait juste que sa chance tienne le coup jusqu'à ce qu'il ait retrouvé Maeve.

CHAPITRE 21

La maison victorienne du professeur, avec sa coupole et sa galerie couverte, se dressait sur un large terrain d'au moins un demi-hectare, sinon plus, ce qui voulait dire qu'elle était suffisamment isolée de ses voisins pour que personne ne les entende hurler.

Non que Maeve ose essayer de faire du bruit. Les pistolets que tenaient les hommes de main d'Antonio rendaient la situation dangereuse.

Comment en était-elle arrivée là ? Pour un tas de vieilles pages moisies ?

Antonio ouvrit vivement la porte et dirigea son arme vers Brandy.

— Va chercher le classeur. Maintenant, ou je commence à découper ta pote.

Brandy se mordit la lèvre inférieure et jeta un coup d'œil à Maeve avant de sauter du SUV. Peut-être qu'elle serait maligne et se tiendrait hors de danger. Maeve n'aurait jamais dû l'entraîner dans ce bordel. Trop tard, maintenant.

Antonio prit la place de Brandy dans le SUV, dos à la portière, et il observa Maeve avec une mine autosatisfaite qui l'agaça. Elle ne put s'empêcher de balancer :

— Pourquoi vous vous intéressez autant à un vieux bouquin ?

— Parce qu'il contient des recettes dont j'ai besoin.

— C'est le secret pour transformer des cailloux en or ? se moqua-t-elle.

— Non, mais ça me rendra riche. Pas comme ton père. Lui et son propre père n'ont pas eu les couilles d'utiliser ce qui était en leur possession.

Elle pinça les lèvres en une fine ligne.

— Je n'ai pas de père.

— C'est ce qu'il disait.

Antonio pouffa de rire à sa propre blague stupide.

— On ne peut pas lui reprocher d'avoir fait comme si tu n'existais pas. Vu que la bénédiction peut seulement être passée à un fils, une fille, c'est du gâchis de sa semence.

— Rarement entendu autant de débilités patriarcales et misogynes en une seule phrase.

— C'est la vérité. Les femelles ne sont bonnes qu'à donner naissance à la génération suivante. Mais apparemment, Théo ne s'en est pas souvenu vu qu'il t'a envoyé le grimoire au lieu de me le transmettre à moi, son héritier mâle le plus proche.

— Tu sais, je te l'aurais donné si tu me l'avais demandé gentiment. Tu n'avais pas besoin de faire tout ça, grommela Maeve.

— Plains-toi, et tu connaîtras le même sort que ton père.

— Qu'est-ce que c'est censé vouloir dire ? demanda-t-elle alors que son cœur accélérait.

Les lèvres d'Antonio s'étirèrent.

— Ça veut dire que je l'ai descendu et que je l'ai balancé dans le lac Ontario.

— Tu as tué mon père.

Pour une raison ou une autre, cela la mettait en colère même si elle ne l'avait jamais rencontré.

— Il le méritait.

— Pourquoi, parce qu'il avait vu qui tu étais ? Qu'il avait compris que tu ne valais même pas l'oxygène que tu respires ?

— Continue à m'insulter et on va voir comment ça se passe pour toi.

Maeve savait qu'elle courtisait la mort et pourtant, elle était incapable de s'arrêter. Pourquoi ne pas poser toutes les questions ? Au moins, elle mourrait en ayant quelques réponses.

— Tu fais toujours partie de la mafia de Toronto que Théo Russel dirigeait ?

Elle n'arrivait pas à l'appeler *mon père*.

— La mafia ?

Il se mit à rire.

— C'est tellement un truc d'humain, ce mot.

— Ça veut dire quoi, tu ne penses pas être humain ?

Elle le contempla en se demandant quel genre de délire il s'était concocté. Apparemment, un fantasme où un vieux livre valait de tuer des gens.

— J'ai commencé ma vie comme toi, mais mon père était spécial, et il m'a transmis ce don exceptionnel. Mais est-ce que mon oncle a bien voulu le reconnaître ? Non. Il a refusé de m'accorder une position correcte. Il ne voulait pas nous laisser entrer dans le vingt et unième siècle. Il pensait pouvoir diriger la Meute pour toujours.

— Alors tu l'as tué, prouvant qu'il avait raison, dit Maeve en secouant la tête. Tu es inapte.

Ses yeux devinrent des fentes, ses lèvres s'amincirent, et la menace qu'il dégageait était palpable. Elle crut qu'il allait la tuer, mais au lieu de cela, il regarda derrière elle, contemplant d'un air mauvais la maison à travers le pare-brise.

— Qu'est-ce qui lui prend autant de temps ?

— Ça ne fait que quelques minutes, plaida Maeve, consciente qu'il fallait qu'elle gagne du temps.

— Ça ne devrait pas lui prendre si longtemps pour trouver un livre. Peut-être que ton amitié n'est pas si importante que ça pour elle.

Il visa sa tête de son pistolet.

— Ou le professeur fait des difficultés pour le

rendre. Si le livre est si rare que ça, peut-être qu'il essaie de se l'approprier.

Maeve n'était pas sûre que c'était le genre de choses qui arrivaient, mais visiblement, Antonio pensa que si. Il agita son pistolet.

— Sors. Tu viens avec moi. On va tous y aller.

Maeve n'arrivait pas à décider si c'était une bonne chose ou non. D'un côté, il fallait qu'elle donne à l'inspecteur le temps d'arriver. De l'autre, s'ils étaient à l'intérieur, cela ne serait-il pas plus difficile pour les policiers de sauver les otages ?

De toute façon, elle n'avait pas le choix. Les quatre hommes sortirent du SUV avec elle et Antonio. Il ordonna à deux d'entre eux de rester dehors et de le prévenir si quiconque approchait. Les hommes dans les deux autres SUV restèrent où ils étaient. Il avança avec deux gars. Ils ne frappèrent pas. Ils enfoncèrent la porte et s'engouffrèrent dans la maison comme s'ils appartenaient à une unité des forces spéciales.

Ce n'était pas le cas – même Maeve se rendait compte qu'ils manquaient d'efficacité. Ils n'avaient aucune idée de comment faire pour inspecter les pièces. Ils se précipitèrent comme des brutes en hurlant dans les pièces du rez-de-chaussée, et se retrouvèrent dans le vestibule pour faire leur rapport à Antonio, qui était resté là avec Maeve.

— Personne, Alpha, dit un des types.

Il avait le visage grêlé et était encore trop jeune pour savoir que le crime ne paie pas.

— Allez voir à l'étage, grogna Antonio.

Les deux types montèrent et se séparèrent en haut des escaliers pour vérifier ce qui devait être un assez grand nombre de chambres. Les minutes s'écoulèrent.

Maeve resta plantée là, à essayer de ne pas attirer l'attention sur elle. Où était l'inspecteur Gruff ? Il aurait déjà dû arriver, non ?

Antonio avança jusqu'en bas des escaliers et cria :

— Pascale ?

Pas de réponse.

— Gofer ? Bande de cons ?

Personne ne répondit à son appel. Il revint aux côtés de Maeve et lâcha :

— C'est qui au juste ce Schnape ?

Elle haussa les épaules.

— Aucune idée. Je n'avais jamais entendu parler de lui. Il faudra poser la question à Brandy.

Qui avait aussi disparu.

Bam.

Ils relevèrent tous les deux la tête et fixèrent le plafond. Antonio fit un bruit qui semblait plus celui d'un animal que celui d'un homme.

— C'est un piège.

Il repoussa Maeve et elle se cogna contre le coin d'une table puis le mur, qu'elle reçut en pleine tête. Étourdie, elle s'appuya à la table et cligna des yeux en voyant Antonio lever un pistolet dans sa direction. S'il tirait, elle serait incapable d'échapper à la balle.

— Tu penses m'être tellement supérieure. Tu as de la chance que j'aie toujours besoin de toi.

Il l'attrapa par les cheveux et la tira jusqu'à la porte.

— Sale putain. Aussi mauvaise que ton père.

D'une violente secousse, il lui fit passer la porte et elle dégringola de trois marches jusqu'à l'allée gravillonnée.

— Qu'est-ce qui se passe, patron ? demanda un des gars qui les attendait.

— On a de la compagnie. Fais sortir tout le monde des voitures, ordonna Antonio en désignant les véhicules garés là. Chargez vos flingues. Tirez sur tout ce qui bouge.

Non. C'était davantage une pensée horrifiée qu'une vraie exclamation. Maeve se redressa à quatre pattes, consciente qu'il fallait qu'elle fasse quelque chose. Et puis elle se pencha alors qu'une forme floue et fourrée jaillissait hors de la maison. La créature bondit sur Antonio et le fit tomber au sol à côté d'elle.

Il fallut un moment à Maeve pour comprendre ce qu'elle était en train de voir : un loup qui faisait claquer sa mâchoire et grondait en essayant de dévorer le visage d'Antonio.

Celui-ci le tenait à distance et gronda :

— Tu es censé être mort.

C'était un drôle de truc à dire. Ils roulèrent en s'éloignant de Maeve, qui cligna des yeux, et recommença aussitôt, parce qu'Antonio avait disparu. Maintenant, deux loups se battaient.

Des loups.

Il fallait qu'elle se barre de là. Et trouve un hôpital pour faire traiter les hallucinations causées par sa commotion cérébrale. Elle se redressa à genoux au moment où une voiture pilait juste derrière les SUV. Les deux véhicules vomirent des types armés de pistolets. Avec les deux qui étaient déjà dehors, Maeve compta neuf tireurs pour affronter le ou les nouveaux arrivants. La voiture fit marche arrière en dérapant dans le gravier alors que le conducteur essayait de se mettre hors de portée des armes à feu.

Le crépitement de la fusillade déclencha les réflexes de survie de Maeve. Son instinct lui cria de se mettre à couvert. Elle se mit à ramper en grognant et soufflant, sauf qu'il n'y avait nulle part où se cacher. Les tireurs délaissèrent la voiture pour viser les loups en train de se battre.

— Abattez le gris, cria quelqu'un.

Un glapissement résonna et le loup gris qui avait surgi de la maison s'effondra par terre, haletant, en sang. L'autre loup gronda au-dessus de lui. Bien vite, il tournerait son regard malveillant vers elle.

Il fallait qu'elle trouve un abri. À l'intérieur du pick-up, ce serait pas mal. Si les clés étaient toujours sur le contact, elle pourrait peut-être même s'enfuir.

Elle se figea, la main sur la poignée, en entendant un grognement derrière elle. Elle fit volte-face et vit le loup marcher vers elle, menaçant. Il en avait fini avec le tas de fourrure par terre derrière lui.

L'inspecteur Gruff n'était pas arrivé et les hommes se rassemblaient, en train de rire et d'agiter leurs pistolets et de hurler bizarrement.

— Bouffe-la !

— Taille-la en lambeaux.

Ils avaient tous quelque chose à crier, et rien de ce qu'ils disaient n'était bon pour elle.

Ils étaient trop distraits pour se rendre compte qu'une voiture arrivait à toute allure, les phares éteints, avant qu'il ne soit trop tard. Plusieurs d'entre eux se tournèrent juste au moment où elle les percutait. Ce fut le chaos et les hommes qui n'avaient pas été touchés visèrent le véhicule de leurs flingues. Maeve ne put regarder la bataille, car le loup continuait à se rapprocher, la tête basse, en grondant. Il se ramassa sur ses pattes arrière, prêt à bondir.

— Ne la touche pas, putain !

La voix de Griffin émergea clairement alors que les coups de feu s'arrêtaient abruptement, sur le cri d'agonie de quelqu'un. Le loup ne tourna pas la tête. Il bondit, et c'est là que Maeve fut certaine d'avoir une commotion cérébrale, parce que Griffin bondit lui aussi. Sauf que ce n'était pas Griffin mais un loup qui percuta l'autre créature. Ils roulèrent au sol en se battant.

Antonio-le-loup et Griffin-le-loup.

Ce n'était pas réel. Elle se laissa aller contre le SUV derrière elle, comme si la solidité du métal avait pu la ramener à la réalité.

Non. Elle avait dû se cogner la tête plus fort qu'elle ne le pensait, parce que les loups se battaient toujours devant elle, à coups de pattes et de crocs.

Sa jambe lui faisait mal et elle baissa les yeux pour la voir trempée de sang. Elle avait pris une balle. Comment avait-elle fait pour ne pas s'en rendre compte ?

Le sang coulait à flots, et il lui vint à l'esprit qu'il faudrait vraiment qu'elle applique de la pression dessus. Ses doigts glissèrent dans le liquide chaud. Elle s'effondra au sol et ses fesses percutèrent le macadam avec assez de force pour secouer tout son corps. Sa tête s'inclina sur le côté, ses paupières étaient lourdes. Des signes qu'elle perdait trop de sang.

Un souffle d'air chaud la força à concentrer son regard. Une paire d'yeux familiers au milieu d'une tête pleine de poils la regardait.

— Pas réel, murmura-t-elle.

Elle ferma les paupières et poussa un soupir de soulagement quand, au lieu d'entendre un loup ou de sentir une morsure, elle entendit Griffin dire :

— Ne t'inquiète pas, chérie. Je suis là.

Il la rattrapa alors qu'elle basculait dans l'obscurité.

CHAPITRE 22

Maeve évanouie dans ses bras, Griffin se retrouva complètement perdu.

Que faire ? Elle s'était fait tirer dessus parce qu'il n'avait pas été là pour la protéger. Et si elle mourait ?

Il fallut qu'une femme vienne faire claquer ses doigts devant son nez en criant :

— Secoue-toi ! Maeve a besoin d'aide.

Griffin fixa la femme plantureuse aux cheveux très bouclés et dit d'un air bête :

— Tu es son amie, Brandy.

— Oui. Et tu dois être le beau gosse dont elle me rebat les oreilles.

— Elle parle de moi ?

Il ne parvint pas à dissimuler sa surprise.

— Trop. Même si je la comprends. Bien foutu. Est-ce que vous vous battez toujours à poil dans la mafia ? demanda-t-elle en retirant le pantalon de Maeve pour exposer sa blessure.

Sa déclaration lui fit prendre conscience qu'il était nu. En voyant Maeve en danger, il s'était transformé rapidement.

— Elle est blessée.

Il contempla le visage pâle de Maeve en faisant de son mieux pour ignorer le sang – son sang – qui parfumait l'air.

— On dirait que la balle est ressortie proprement. Vite fait bien fait. C'est moche, ça fait mal, mais on va pouvoir la rafistoler dès qu'on sera dans un hôpital.

— Elle n'aurait pas besoin d'être rafistolée si elle avait eu quelqu'un pour la protéger.

Le grondement bas attira l'attention de Griffin. Un lambeau de la chemise d'Antonio autour des hanches, un grand type pointait un doigt accusateur vers lui. Il le reconnut.

— Tu es censé être mort.

— Ne change pas le sujet, putain.

Théo Russel, l'Alpha qui n'était pas si mort que ça, le fusilla du regard.

— J'ai le droit d'être surpris, gronda Griffin.

— Est-ce vraiment si étonnant, vu à quel point mon neveu est stupide ? Aussi stupide que toi.

— N'essaie pas de me mettre ce bordel sur le dos. Il n'y avait pas de problèmes dans ma ville avant que toi et ton neveu veniez la mettre sens dessus dessous.

— C'est quoi ton excuse pour avoir corrompu ma fille ? rétorqua Théo.

— C'est une adulte.

— C'est ma fille.

— Ce n'est pas ce qu'elle en dit.

— Ne t'amuse pas à jouer au plus malin avec moi, gamin, gronda Théo, d'une voix basse et menaçante.

Griffin le fusilla du regard. Brandy intervint :

— Vous vous disputerez plus tard. Il faut qu'on transporte Maeve à l'hôpital. Genre, immédiatement. Elle a besoin d'une transfusion.

— Elle peut avoir mon sang, déclara Théo en tendant le bras.

— Vous blaguez, hein ? renifla Brandy. Il va probablement vous en falloir une à vous aussi, vous êtes aussi blessé qu'elle.

Théo jeta un coup d'œil au sang qui s'écoulait de son corps.

— Bah, c'est juste une égratignure.

Cela tira presque un rire à Griffin. Il avait dit la même chose il n'y avait pas si longtemps que ça.

— Même si vous n'aviez pas perdu une bonne quantité d'hémoglobine, je dirais non, parce que même si vous êtes de sa famille, je ne peux pas savoir si votre sang est compatible.

— Il l'est. C'est ma fille.

Brandy secoua la tête.

— D'accord, très bien. Mais comment je sais que vous êtes clean ?

— Je suis clean.

Elle essaya une autre excuse :

— Je n'ai pas l'équipement nécessaire.

— Schnape a ce qu'il faut.

— Vous lâchez pas l'affaire, hein.

Elle pinça les lèvres.

— Je suppose que vous voulez éviter l'hôpital pour ne pas attirer l'attention sur vous. Parce que vous êtes dans la mafia.

Théo haussa les sourcils, mais le coin de ses lèvres se souleva aussi.

— Exact.

— Très bien alors. Emmenons-la à l'intérieur. Il me faut un endroit plat où l'allonger. La table de la salle à manger devrait le faire.

— Je vais avertir Schnape et lui demander de sortir sa trousse de secours, proposa Théo.

— Trouvez-vous des fringues tant que vous y êtes. J'ai pas très envie de voir le matériel du père et du petit copain de ma meilleure amie, cria Brandy.

Et puis, en aparté à Griffin qui s'était levé, Maeve dans les bras, elle ajouta :

— Sans vouloir te vexer, hein. Je suis sûre que tes bijoux de famille valent le détour, mais tu es le mec de Maeve.

— Je ne suis pas sûre qu'elle est d'accord avec ça.

— Parce qu'elle pense que tu lui attireras des ennuis. Et j'espère que ce sera le cas. Elle a été bien trop sérieuse toute sa vie. Elle aurait bien besoin d'épicer un peu tout ça. Et un loup-garou ferait très bien l'affaire.

Il trébucha mais ne lâcha pas Maeve.

— Heu, quoi ?

— N'essaie même pas de me dire que toi et son père n'êtes pas des loups. J'ai lu mon compte de romances paranormales, je sais reconnaître les signes. Les loups qui se battent, suivis par des mecs à poil, c'est pas super discret, hein.

Il grimaça.

— Tu ne dois jamais en parler.

Ça ne plairait pas à Maeve s'il était obligé de tuer sa meilleure amie.

— Je ne le ferai pas, à une condition.

Il eut presque peur de poser la question.

— Laquelle ?

— Ne va pas lui briser le cœur.

— Je ferai de mon mieux.

Il déposa délicatement Maeve sur la table de la salle à manger et recula en acceptant le pantalon qu'Ulric lui avait trouvé. Lui n'avait jamais perdu le sien. Seuls les Alphas étaient capables de se transformer quand ce n'était pas la pleine lune. Griffin aurait préféré que Maeve n'apprenne pas ce qu'il était d'une façon aussi brutale, mais il avait fallu être rapide et il n'avait pas eu le choix. Seul le loup pouvait lui donner la vélocité nécessaire pour contrer Antonio.

Le combat avec celui-ci n'avait pas duré longtemps. Ce n'était pas étonnant que cet enfoiré choisisse en général de se battre avec un flingue. Il lui manquait la force et le talent d'un vrai Alpha, même s'il était capable de se transformer à volonté.

— C'est vraiment son père ? demanda Brandy à Griffin quand elle revint de la cuisine avec des serviettes en papier, certaines humidifiées, d'autres sèches.

— Oui.

— Je me demande pourquoi il s'occupe enfin d'elle.

— Sans doute parce que c'est sa mort supposée qui a déclenché tout ce bazar.

— Tout ça revient à ce carton ou, plus précisément, ce classeur dont elle a hérité.

Brandy essuya la jambe de Maeve qui frémit et frissonna, même si ses yeux restèrent clos.

Il se tint à côté d'elle et lui caressa la tempe. Il se sentait inutile. Les autres membres de la Meute, y compris Billy, étaient dehors, en train de rassembler la bande d'Antonio qui avait cessé le combat après la mort de leur patron. Ulric jouait les infirmiers, il passait des serviettes propres à Brandy, qui appliquait de la pression sur la blessure.

Théo revint, en pantalon et pull, accompagné d'un monsieur à lunettes qui portait une caisse en plastique avec une croix rouge dessus. Théo et Griffin maintinrent Maeve pendant que Schnape versait du désinfectant sur sa blessure.

— Aïe !

Maeve se redressa d'un coup en hurlant. Griffin

parvint à la maintenir. Maeve fixa le visage de son père et murmura :

— Papa ?

Ses yeux se révulsèrent et son corps s'affaissa, mais Griffin la tenait et elle ne tomba pas. Brandy se mordit la lèvre inférieure.

— Vous pensez qu'elle va rester inconsciente assez longtemps pour que je la recouse ?

— Donne-lui du sang d'abord, dit Théo en tendant le bras.

Schnape tenait le tube.

— Vous êtes sûr que votre groupe correspond ?

— Ne discute pas. Fais-le, c'est tout, aboya Théo.

— Un « s'il vous plaît », peut-être ?

— À ta place, je ne ferais pas trop la maligne. Je n'ai pas encore décidé si je te laisserais vivre.

Brandy cligna des yeux. Griffin intervint :

— Ignore-le. Il ne t'arrivera rien, parce que tu es sous ma protection. Je t'en prie, aide Maeve.

— Ne me mets pas ça sur le dos si ça ne marche pas, marmonna-t-elle.

Brandy fit passer une perfusion de Théo à Maeve avant de se mettre au travail pour recoudre la blessure. Maeve resta inconsciente tout du long.

Quand elle eut fini, Brandy avait l'air plutôt contente d'elle.

— Et voilà pourquoi les infirmières méritent plus de responsabilités. Il n'y a pas que les toubibs qui savent faire.

— Merci, dit Théo.

— C'est un peu tôt pour me dire merci. Il faut encore qu'on voie si vous aviez raison pour votre sang.

— Ça va marcher.

— Est-ce qu'elle va se mettre à hurler à la lune et à pourchasser les chats ?

— Tu vis dangereusement, jeune fille, la réprimanda Théo.

— Du calme, Daddy. Je ne dirais votre secret à personne.

Théo cligna des yeux.

— Daddy ?

Ulric se pencha pour chuchoter quelque chose, et le plus vieux des deux hommes rougit carrément. Ça aurait pu être drôle si Griffin n'avait pas été si inquiet. Il grimpa avec précaution sur la table pour pouvoir serrer doucement Maeve dans ses bras, ce qui lui valut l'attention de Théo. Brandy partit vers la cuisine avec Ulric, et ils se retrouvèrent seuls.

— Comment tu t'es retrouvé avec ma fille ? demanda Théo, les bras croisés sur son torse.

— La faute à Antonio. Il m'a tiré dessus en croyant que si je mourais, il pourrait récupérer ma Meute.

— Quel abruti. J'ai dit à mon frère qu'il n'avait pas le tempérament pour être un loup.

— Qu'est-ce qu'il y avait dans ce carton pour qu'il le veuille à ce point ?

— Un recueil de vieilles recettes.

— Quel genre de recettes ?

— Le genre qui pourrait être très dangereux pour notre espèce si elles tombaient entre les mauvaises mains.

— Et tu ne les as pas brûlées ? demanda Griffin, incrédule.

Théo haussa les épaules.

— Ça ne me semblait pas correct. Et si on en avait besoin un jour ?

— Mais pourquoi les laisser à Maeve ? Est-ce qu'il n'aurait pas mieux valu les transmettre à quelqu'un capable de comprendre ce dont il s'agissait ?

— Je ne m'attendais pas à ce que tout le monde pense que j'avais été tué, mais je suppose que c'est ce que Robert a cru, et pour cela qu'il a envoyé la boîte à Maeve, avec la lettre et les photos.

— Pourquoi tu as fait semblant d'être mort si longtemps ?

— Ce n'était pas volontaire. C'est pas terrible de se faire tirer dessus et balancer dans une rivière, surtout quand tu t'échoues sur une berge sans te rappeler tout de suite de qui tu es. Quand j'ai recouvré la mémoire, je suis rentré à Toronto pour découvrir que Robert était mort, et qu'Antonio avait disparu, tout comme le classeur.

— Mais comment tu as su qu'il était ici ?

— Les recettes sont écrites dans un très vieux et très spécifique dialecte dérivé du français que seule une poignée de gens est capable de traduire. Le plus probable, vu sa proximité géographique, c'était mon vieil ami Schnape.

— Et si tu t'étais trompé ?

— Connaissant Antonio, tous les Lycans auraient été foutus, répondit Théo en courbant l'échine.

— Qu'est-ce que tu vas faire maintenant ?

L'autre haussa les épaules.

— Retourner auprès de ma Meute et en reprendre le contrôle, je suppose.

— Je voulais dire pour Maeve.

Il eut l'air peiné quand il répondit :

— Je sais qu'elle me déteste pour l'avoir abandonnée et je ne peux pas lui en vouloir.

— Alors c'est tout ? Tu la laisses derrière ?

— Qu'est-ce que tu suggères ? siffla-t-il.

— J'ai l'impression que tu as reçu une seconde chance. À toi de voir quoi en faire.

— Peut-être.

Théo avait l'air pensif quand Brandy refit son apparition. Griffin avait quelques questions.

— Comment tu connais Schnape ? Pourquoi tu lui as amené le bouquin ?

— J'ai suivi un de ses cours sur l'évolution du langage quand j'étais à la fac. J'ai pas eu la moyenne mais il était super gentil. Comme le texte sur les pages dont Maeve a hérité me faisait penser à du français, je me suis dit que si quelqu'un était capable de traduire ça, c'était lui.

— Ton ingérence aurait pu avoir de terribles conséquences, prévint Théo.

— Eh bien, j'ai plutôt l'impression que mon ingérence est ce qui a sauvé la vie de tout le monde, alors n'hésitez pas à m'envoyer une corbeille de fruits pour me remercier.

Elle ne se ratatina pas sous le regard sévère de l'Alpha.

— Ça fait assez de sang. On ne voudrait pas non plus que vous passiez l'arme à gauche.

Elle coupa le tuyau qui reliait le père et la fille mais Maeve resta inconsciente.

Théo replia la main et se leva.

— Je devrais y aller avant qu'elle se réveille.

— Vous êtes sûr ?

Ce n'était pas Griffin qui posait la question cette fois mais Brandy.

— Elle va avoir assez à gérer aujourd'hui sans m'ajouter à l'équation.

Il grimaça.

— Tu as intérêt à prendre soin d'elle, gamin.

— J'y compte bien.

Théo leur adressa un bref signe de tête avant de partir dans la cuisine. Brandy pointa un doigt vers Griffin.

— Le professeur dit que tu peux prendre une chambre ici pour la nuit. Je te suggérerais la première à gauche à l'étage. Il y a une salle de bains dedans.

— Merci.

Il souleva Maeve avec prudence et l'emmena dans une chambre digne d'un manoir du siècle passé. Un cadre de lit en bronze. Une couverture brodée. Il la borda sous les draps épais quand elle commença à frissonner. Comme il ne s'était pas encore habillé, il se contenta de se glisser à côté d'elle et colla son corps au sien.

Il se réveilla quand elle murmura doucement :

— Griffin, c'est toi ?

CHAPITRE 23

Maeve rêva qu'elle était dans un genre de conte de fées avec Griffin où il y avait des monstres. Comment sinon expliquer le combat féroce entre les loups, dont l'un d'eux avait les yeux de Griffin ?

Comme s'il était un animal.

Quand elle se réveilla, désorientée, elle se figea de peur un instant avant de se rendre compte qu'elle était dans les bras de quelqu'un. Elle se détendit dès qu'elle comprit qui la tenait.

Griffin.

Brandy avait dû l'appeler quand tout s'était calmé. Ses souvenirs étaient un peu confus. Son rêve de loup se mélangeait à la réalité pour combler quelques blancs. Cela lui rendait difficile de séparer les faits de la fiction.

— Bonjour, chérie, dit-il en enfouissant son nez dans ses cheveux.

Elle essaya de bouger et grimaça.

— Aïe. Qu'est-ce qui s'est passé ?

— Tu as pris une balle.

— Je m'en rappelle vaguement.

Elle passa ses doigts sur un bandage.

— Comment ça se fait que je ne sois pas à l'hôpital ?

Il se raidit.

— La blessure était propre et on avait du matériel. Brandy t'a recousue.

Cela voulait dire qu'il ne voulait pas impliquer la police, et ça l'embêtait.

— Qu'est-ce qui s'est passé ? Tout est un peu flou. Je sais qu'il y avait un type, mon cousin ou je ne sais quoi. Il voulait le classeur du colis.

— C'est Antonio. C'est lui qui était derrière toutes les attaques.

— Qu'est-ce qui lui est arrivé ? Mes souvenirs sont confus. Je me rappelle des coups de feu, et puis aussi, des loups. Ce qui est n'importe quoi. Juste avant que je m'évanouisse.

— On s'est occupé d'Antonio. Et de son gang. Ils ne t'embêteront plus.

Elle ne demanda pas s'il les avait tués. Après avoir fait leur connaissance, elle avait découvert un côté féroce en elle, qui pensait « bon débarras ».

— J'en déduis que tu as eu mon coup de fil.

— Oui, mais je n'entendais rien.

— Alors comment tu as su où me trouver ?

— Billy me l'a dit.

Devant son regard perplexe, il ajouta :

— L'inspecteur Gruff.

— Tu veux dire que les flics sont impliqués dans ce délire mafieux ?

Ses lèvres se tordirent.

— Juste un. Et ce n'est pas la mafia. En tout cas, ça ne l'est plus. Je ne mentais pas en disant que je suis passé du côté légal de la force. Malheureusement, certaines personnes essaient toujours de faire les trucs au black et illégalement. Cela nous met dans des situations dont nous ne voulons pas.

— Si c'est vrai, pourquoi ne pas laisser la police s'en occuper ?

— Tu as vu le bordel bureaucratique qu'est notre système légal ? Des fois, ça va plus vite et c'est plus simple de faire les choses par nous-mêmes.

— En mode justiciers.

— Oui. Et je comprends si c'est trop pour toi.

— Si tu portais une cape et faisais style que tu es un genre de superhéros, là ça serait trop.

— Ça veut dire que je peux porter des collants ?

— Seulement si tu te rases d'abord.

Il pouffa de rire.

— Ou je pourrais être le genre de justicier qui n'a pas besoin d'un costume. Peut-être que je suis un loup-garou en secret.

Elle se mit à rire.

— Comme si un loup-garou viendrait vivre à

Ottawa. Maintenant, tes cousins… je pourrais le croire d'eux. Ils ont un côté féroce, non apprivoisé.

— Tu es en train de dire que je ne suis pas féroce ?

— Si, mais plus en mode ours mignon que flippant.

— Ours ?

Il la fixa du regard. Elle hocha la tête.

— Peut-être un peu mal léché.

— Ça peut s'arranger, gronda-t-il avant de la prendre dans ses bras.

ÉPILOGUE

La blessure de Maeve guérit avec une cicatrice que Griffin embrassait quasi tous les jours. Pas compliqué, vu qu'ils vivaient ensemble.

Quand ils étaient repartis de la maison du professeur, sans le classeur qu'ils avaient déposé dans un coffre-fort, Griffin avait refusé de la ramener chez elle.

— *Je ne te laisse pas t'aventurer hors de ma vue.*

Cela voulait dire qu'elle se faisait bichonner, ce qui ne la dérangeait pas. Elle avait pris soin d'elle et des autres pendant si longtemps que cela faisait un agréable changement.

Une petite routine s'installa, sans malfrats qui essayait de l'intimider ou cousins fous et agressifs. Elle ne revit ni n'entendit plus jamais parler d'Antonio et son gang, et la police ne vint jamais l'interroger à propos de l'altercation.

La vie était belle – incroyable même. Il suffisait pour Maeve de choisir d'ignorer le fait qu'elle était tombée amoureuse d'un dealer (qui vendait de la drogue légalement) et avait emménagé au-dessus d'une boutique de cannabis. Elle prit des congés pour se remettre de sa blessure, et cela se transforma en démission. Non parce qu'elle ne voulait plus soigner les gens, mais pour suivre son rêve d'ouvrir sa propre clinique familiale. Il y avait un manque de ce genre de structures dans le système financé par le gouvernement. Même si elle n'aurait pas dû prendre l'argent de Griffin, elle le laissa louer pour elle un local de bureaux qu'elle reconvertit aisément. Elle pouvait s'y rendre à pied, pas besoin de conduire. Comme elle n'avait plus besoin de sa maison, elle la loua à Brandy qui vint travailler avec elle à la clinique.

Un mois après la fusillade, elle n'aurait pas pu être plus heureuse. Chaque jour, elle avait hâte de finir le travail pour rentrer à la maison auprès de Griffin.

Il ne lui restait plus qu'un patient ce jour-là avant de fermer la clinique et rentrer voir quelle surprise il lui avait concoctée pour le dîner.

Brandy entra et déposa le dossier du nouveau patient sur son bureau.

— Ne fais pas une attaque en voyant le nom.

Maeve faillit faire une attaque. Théodore Russel. Voir le nom de son père décédé la chamboula quelque peu. Mais bon, ni le nom ni le prénom n'étaient rares.

— Heureusement qu'il est mort, hein, ou bien je serais en panique, plaisanta-t-elle.

Brandy ne rit pas. Bizarre. À la place elle dit :

— Écoute ce qu'il a à dire.

Avant qu'elle puisse lui demander de s'expliquer, un homme emplit l'ouverture de la porte. La mâchoire de Maeve se décrocha.

— Tu es censé être mort.

Son père haussa les épaules et lui adressa un sourire penaud.

— C'est ce qu'on me dit. Et je sais que tu aurais probablement préféré ça, et pourtant, je suis là. Salut, je suis ton raté de père.

Il lui tendit la main. Il ne demandait pas son pardon, il ne rampait pas à ses pieds.

Cela aurait été facile d'être rancunière. Maeve prit la main tendue et la serra.

— Je suis la fille formidable que tu n'aurais pas dû abandonner.

Il hocha la tête.

— Je le sais maintenant. J'ai fait des erreurs et une grosse avec toi. Si ça te va, j'aimerais que ça change désormais.

— Laisse-moi deviner. Avoir failli mourir t'a amené à voir les choses sous un nouvel angle.

— En fait, c'est que toi tu aies failli mourir qui m'a amené à ça.

— Comment tu sais… ? Laisse tomber.

Griffin le lui avait probablement dit vu que les deux hommes se connaissaient.

— Tu n'as pas peur que je ne t'apprécie pas ?

— C'est un risque que je suis prêt à prendre, dit-il avec l'ombre d'un sourire.

— Je ne vais pas t'appeler papa.

— Ce n'est pas grave. Mais attends-toi à ce que je me vante de ma fille. Un médecin. Ça va beaucoup plaire à ta grand-mère.

Elle cligna des yeux.

— J'ai une grand-mère ?

Il hocha la tête.

— Et un oncle. Deux cousins qui ne sont pas des psychopathes. Oh, et ma sœur, qui t'écorchera probablement vivante si tu l'appelles tata. Elle aime bien penser qu'elle a arrêté de vieillir à vingt-neuf ans.

Une famille. Oh. Quel drôle de concept après si longtemps toute seule. Sa mère n'avait pas eu beaucoup de liens avec sa propre famille et quand elle était décédée, Maeve avait pensé que c'était la fin de toute famille pour elle.

— Tu veux venir dîner ? demanda-t-elle brusquement. Mon partenaire fait des steaks ce soir. Je pourrais lui dire d'en décongeler un de plus.

— J'en serais ravi.

Malgré elle, cet homme qu'elle refusait d'appeler père lui était sympathique. Et elle aimait celui qui ne broncha pas quand elle ramena dîner un mafieux d'une autre ville.

Griffin offrit une bière à son père, l'embrassa et murmura :

— Ton père a dit que si je ne faisais pas une honnête femme de toi, il me tuerait et balancerait mon cadavre dans la rivière Ottawa.

— Et qu'est-ce que tu as répondu ?

— Que j'avais déjà acheté la bague et que j'attendais le bon moment pour te poser la question.

Il mit un genou en terre et leva un écrin dans sa main. Ses lèvres se retroussèrent alors qu'il disait :

— Chérie, veux-tu...

Elle lui répondit d'un baiser.

Brandy se réveilla, la bouche pâteuse, nue, sur un lit qu'elle partageait étrangement avec un gros chien. La dernière chose dont elle se souvenait, c'était la fête pour le mariage impromptu de Maeve. Griffin lui avait demandé de l'épouser, et une semaine plus tard, ils se tenaient devant un juge pour prononcer leurs vœux. Ils étaient allés fêter ça dans un bar.

Enfin, Brandy et les gars de la Meute de Griffin avaient fêté ça pendant que les jeunes mariés faisaient ce qu'ils avaient à faire.

La dernière chose dont Brandy se souvenait, c'était avoir bu des shots.

Beaucoup de shots.

Apparemment, elle avait dû passer dans un refuge pour adopter un chien. Une grosse boule de fourrure qui ressemblait terriblement à un loup et qui ne bougea pas d'un pouce quand elle se dégagea de sous sa patte.

Au moins, elle avait toujours sa culotte ce qui voulait dire qu'elle n'avait pas fait n'importe quoi. Mais quand même, un chien-loup dans son lit ? Heureusement que ce n'était pas la pleine lune, sinon elle aurait pensé autre chose. Ulric et Quinn lui avaient expliqué comment fonctionnait la lycanthropie. D'après eux, seuls les garçons pouvaient être transformés, et normalement, il fallait une pleine lune pour se changer en loup.

Mais je me demande ce qui m'a pris d'aller adopter un chien ? Elle n'avait pas pensé être jalouse de sa meilleure amie et de son mari loup-garou.

Elle passa vider sa vessie aux toilettes. C'est en se brossant les dents qu'elle remarqua la morsure en croissant de lune sur le haut de son sein et qu'elle se mit à paniquer. *Attends un peu...*

Elle émergea de la salle de bain. Le chien-loup avait disparu, et un homme était étendu, nu, sur son lit. Plutôt canon.

Il ouvrit les yeux et cligna des paupières.

— Qu'est-ce qui s'est passé, putain ?

— Tu m'as mordu ! dit-elle en désignant la marque.

Et comment réagit-il à ça ?

— Oh merde, il faut que j'y aille.

Il se jeta sur ses fringues et prit littéralement la fuite.

Il pouvait bien courir. Il reviendrait. La marque de morsure l'assurait. Et s'il ne revenait pas, elle savait où travaillait l'inspecteur Billy Gruff.

Préparez-vous à l'histoire de Brandy dans *La Morsure du loup-garou*.

NOTES

Chapitre 17

1. En français dans le texte.
2. « C'est une blessure superficielle », citation du film, *Monty Python : Sacré Graal !*
3. En français dans le texte.

www.ingramcontent.com/pod-product-compliance
Lightning Source LLC
LaVergne TN
LVHW031539060526
838200LV00056B/4564